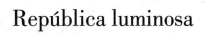

República luminosa

Andrés Barba

República luminosa

EDITORIAL ANAGRAMA
BARCELONA

Ilustración: «República luminosa», 2017, collage digital, Carmen M. Cáceres

Primera edición: noviembre 2017

Diseño de la colección: Julio Vivas y Estudio A
© Andrés Barba, 2017
CASANOVAS & LYNCH AGENCIA LITERARIA, S. L.
info@casanovaslynch.com
© EDITORIAL ANAGRAMA, S. A., 2017
Pedró de la Creu, 58
08034 Barcelona

ISBN: 978-84-339-9846-0
Depósito Legal: B. 23177-2017

Printed in Spain

Liberdúplex, S. L. U., ctra. BV 2249, km 7,4 - Polígono Torrentfondo
08791 Sant Llorenç d'Hortons

El día 6 de noviembre de 2017, un jurado compuesto por Gonzalo Pontón Gijón, Marta Sanz, Jesús Trueba, Juan Pablo Villalobos y la editora Silvia Sesé otorgó el 35.º Premio Herralde de Novela a *República luminosa*, de Andrés Barba.

Resultó finalista *La extinción de las especies,* de Diego Vecchio.

A Carmen,
que está hecha de tierra colorada

Soy dos cosas que no pueden ser ridículas: un salvaje y un niño.

PAUL GAUGUIN

Cuando me preguntan por los 32 niños que perdieron la vida en San Cristóbal mi respuesta varía según la edad de mi interlocutor. Si tiene la mía respondo que comprender no es más que recomponer lo que solo hemos visto fragmentariamente, si es más joven le pregunto si cree o no en los malos presagios. Casi siempre me contestan que no, como si creer en ellos supusiera tenerle poco aprecio a la libertad. Yo no hago más preguntas y les cuento entonces mi versión de los hechos, porque es lo único que tengo y porque sería inútil convencerlos de que no se trata tanto de que aprecien la libertad como de que no crean tan ingenuamente en la justicia. Si yo fuese un poco más enérgico o un poco menos cobarde, comenzaría mi historia siempre con la misma frase: *Casi todo el mundo tiene lo que se merece y los malos presagios existen.* Vaya que si existen.

El día que llegué a San Cristóbal, hace hoy veintidós años, yo era un joven funcionario de Asuntos

Sociales de Estepí al que acababan de ascender. En el plazo de pocos años había pasado de ser un flaco licenciado en derecho a ser un hombre recién casado al que la felicidad daba un aire más apuesto del que seguramente habría tenido de forma natural. La vida me parecía una sencilla cadena de adversidades relativamente fáciles de superar que acababan en una muerte no sé si sencilla, pero tan inevitable que no merecía la pena pensar en ella. No sabía entonces que la alegría era precisamente eso, la juventud precisamente eso y la muerte precisamente eso, y que aunque no me equivocaba esencialmente en nada, me estaba equivocando en todo. Me había enamorado de una profesora de violín de San Cristóbal tres años mayor que yo, madre de una niña de nueve. Las dos se llamaban Maia y las dos tenían ojos concentrados, nariz pequeña y unos labios marrones que me parecían el colmo de la belleza. A ratos me sentía como si me hubiesen elegido en un conciliábulo secreto, tan feliz de haber caído en sus «redes» que cuando me ofrecieron la posibilidad de trasladarme a San Cristóbal corrí a su casa para contárselo y le pedí directamente que se casara conmigo.

Me ofrecieron el puesto porque dos años antes había diseñado en Estepí un programa de integración de comunidades indígenas. La idea era sencilla y se demostró eficaz como programa modelo: consistía en favorecer que los aborígenes tuvieran la exclusividad en el cultivo de ciertos productos. En aquella ciudad optamos por las naranjas y pusimos en manos de la comunidad indígena el abastecimiento de casi cinco mil personas. El programa estuvo a punto de provocar un pequeño caos en la distribución, pero finalmente la comunidad reaccionó y tras un reajuste consiguió convertirse en una pequeña cooperativa más que solvente con la que todavía hoy financian buena parte de sus gastos. El programa fue tan exitoso que el gobierno de la nación se puso en contacto conmigo a través de la Comisión de Reducciones Indígenas para que lo reprodujera con los tres mil habitantes de la comunidad ñeê de San Cristóbal. Me ofrecían una casa y un puesto de dirección en el departamento de Asuntos Sociales. Maia recuperó de rebote sus clases en la pequeña escuela de música de su ciudad natal. No lo confesaba, pero yo sabía que le entusiasmaba volver en una situación acomodada a la ciudad de la que había tenido que irse por necesidad. El puesto incluía también la escolarización de la niña (siempre la llamé «la niña», y cuando me dirigía a ella directamente, «niña») y un sueldo que nos permitía ahorrar. ¿Qué más habría podido pedir? Me costaba controlar mi alegría y le pedía a Maia que me contara cosas sobre la selva, el río Eré, las calles de San Cristóbal... Mientras hablaba me parecía adentrarme en una vegetación espesa y sofocante en la que de pronto encontraba un lugar paradisiaco. Puede que mi imaginación no fuese particularmente creativa, pero nadie podrá decir que no fuera optimista.

Llegamos a San Cristóbal el 13 de abril de 1993. El calor húmedo era muy intenso y el cielo estaba completamente despejado. A lo lejos, mientras subíamos en nuestra vieja furgoneta familiar, vi por primera vez la descomunal masa de agua marrón del río Eré y la selva de San Cristóbal, ese monstruo verde e impenetrable. No estaba acostumbrado al clima subtropical y tenía el cuerpo empapado en sudor desde que habíamos tomado la carretera de arena rojiza que salía de la autopista hacia la ciudad. El aturdimiento del viaje desde Estepí (casi mil kilómetros de distancia) me había dejado el ánimo sumido en una especie de melancolía. La llegada se había desplegado al principio como una ensoñación y luego con la rugosidad siempre brusca de la pobreza. Me había preparado para una provincia pobre, pero la pobreza real se parece poco a la pobreza imaginada. No sabía aún que la selva iguala la pobreza, la unifica y en cierto modo la borra. Un alcalde de esta ciudad dijo que el problema de San Cristóbal es que lo sórdido siempre está a un pequeño paso de lo pintoresco. Es literalmente cierto. Los rasgos de los niños ñeê son demasiado fotogénicos a pesar de la mugre —o quizá gracias a ella—, y el clima subtropical sugiere la fantasía de que hay algo inevitable en su condición. O por decirlo de otro modo: un hombre puede luchar contra otro hombre pero no contra una cascada o una tormenta eléctrica.

Pero desde la ventanilla de la furgoneta había comprobado también otra cosa: que la pobreza de San Cristóbal podía ser despojada hasta el hueso. Los colores eran planos, esenciales y de un brillo enloquecido: el verde intenso de la selva pegada a la carretera como un muro vegetal, el rojo brillante de la tierra, el azul del cielo con aquella luz que obligaba a tener los ojos permanentemente entrecerrados, el marrón compacto de aquellos cuatro kilómetros de orilla a orilla del río Eré, todo me anunciaba con señales evidentes que no tenía en mi patrimonio mental nada con lo que comparar aquello que estaba viendo por primera vez.

Al llegar a la ciudad fuimos al ayuntamiento para que nos entregaran la llave de nuestra casa, y un funcionario nos acompañó en la furgoneta indicándonos la dirección. Estábamos a punto de llegar cuando de pronto vi a menos de dos metros un enorme perro pastor. La sensación –seguramente provocada por el agotamiento del viaje– fue casi fantasmagórica, como si, más que haber cruzado, el perro se hubiese materializado de la nada en medio de la calle. No tuve tiempo para frenar. Agarré el volante con todas mis fuerzas, sentí el golpazo en las manos y ese sonido que cuando se ha escuchado una vez ya no se olvida jamás: el de un cuerpo al estamparse contra un parachoques. Bajamos a toda prisa. No era un perro, sino una perra, estaba malherida y jadeaba rehuyendo nuestra mirada como si algo la avergonzara.

Maia se inclinó sobre ella y le pasó la mano por el lomo, un gesto al que la perra respondió con un movimiento de la cola. Decidimos llevarla inmediatamente a algún veterinario y mientras lo hacíamos, en la misma furgoneta con la que acabábamos de atropellarla, tuve la sensación de que aquel animal callejero y salvaje era simultáneamente dos cosas contradictorias: un pésimo presagio y una presencia benéfica, una amiga que me daba la bienvenida a la ciudad pero también una mensajera que traía una noticia temible.

Pensé que hasta el rostro de Maia había cambiado desde que habíamos llegado, por un lado se había vuelto más común –nunca había visto a tantas mujeres parecidas a ella– y por otro más denso, su piel parecía más suave y a la vez más resistente, su mirada más dura pero también menos rígida. Se había puesto a la perra en el regazo y la sangre del animal le había comenzado a mojar los pantalones. La niña estaba en el asiento trasero y tenía la mirada clavada en la herida. Cada vez que la furgoneta se topaba con un bache el animal se daba la vuelta y emitía un gemido musical.

Se dice que San Cristóbal se lleva o no se lleva en la sangre, un cliché que la gente aplica por igual a su ciudad de nacimiento en cualquier lugar del mundo pero que aquí tiene una dimensión menos común y en realidad extraordinaria. Y es que es precisamente la sangre la que tiene que acostumbrarse a San Cristóbal, la que debe cambiar su temperatura y rendirse al peso de la selva y del río. El mismo río Eré con sus cuatro kilómetros de anchura me ha llegado a parecer en muchas ocasiones un gran río de sangre, y hay algunos árboles en la región cuya savia es tan oscura que es casi imposible pensar en ellos como vegetales. La sangre lo recorre todo, lo *llena* todo. Tras el color verde de la selva, tras el color marrón del río, tras el color rojo de la tierra, está siempre la sangre, una sangre que se desliza y completa las cosas.

Mi bautizo fue, por tanto, literal. Cuando llegamos al veterinario la perra estaba ya prácticamente desahuciada, y al sacarla en brazos me vi impregnado de una viscosidad que se volvió negra al contacto con una relación. Desconfiaba de la gente que afirmaba que le gustaban o disgustaban de manera genérica, porque incluso yo –que siempre había tenido cierta dificultad para tratarlos– había vivido muchas veces la experiencia de cruzarme con alguno que me había provocado una simpatía instantánea. Me inclinaba por los ensimismados y los torpes y me generaban antipatía los protagonistas, los coquetos y los parlanchines (siempre he odiado las cualidades infantiles en los adultos y las «adultas» en los niños), pero los prejuicios que uno sostiene durante años acerca de la infancia se evaporan en el instante en que un niño real entra a formar parte de nuestra vida.

La niña compartía con los niños de los altercados una cualidad particular: desconfiaba de su derecho real sobre las cosas que la rodeaban. Tal vez parezca un dato menor, pero no lo es. Por lo general, y si se han criado en un entorno mínimamente equilibrado, los niños se saben herederos naturales de lo que les rodea, el coche de sus padres es directamente *su* coche; la casa, *su* casa, etc. Un niño no les roba a sus padres un tenedor de la cocina, sería absurdo, ese tenedor ya le pertenece. Una niña no les arrebata a sus padres los vestidos cuando se ausentan y juega con ellos. La posesión es un dato puro de la conciencia infantil, una categoría con la que se filtra la realidad. Los niños de los altercados, aquellos niños y niñas a los que ya comenzábamos a ver a diario apostados en las calles entre algunos semáforos o durmiendo en pequeños grupos echados junto a la orilla del Eré y que desaparecían de la ciudad al llegar la noche, compartían con mi hija la conciencia de que –a diferencia de los niños «normales»– no eran herederos legítimos de nada. Y como no eran herederos legítimos tenían que *robar*. Pongo en cursiva esa palabra con toda la intención. Como le oí decir a una compañera del municipio hace no mucho tiempo, «el problema de los altercados es que durante aquellos años solo nos permitíamos *pensar en voz baja*». La palabra «robo», la palabra «ladrón», la palabra «asesinato». Estamos rodeados de palabras que hemos pronunciado hasta ahora en susurros. Nombrar es otorgar un destino, escuchar es obedecer.

El 15 de octubre de 1994, y según el cuarto punto del acta de la reunión quincenal, la diputada Isabel Plante sometió por primera vez a debate del departamento de Asuntos Sociales el problema de la mendicidad infantil. Se relatan allí (y no es difícil adivinar la sintaxis retorcidamente populista de la señora Plante) tres denuncias de «asalto» a civiles en varios puntos de la ciudad, la primera de un hombre que regentaba una cantina en villa Toedo al que unos niños habían hurtado la caja del día, la segunda de una mujer de mediana edad a la que habían pegado un tirón de bolso en plena plaza 16 de Diciembre y una tercera del camarero de la cafetería Solaire que aseguraba haber sido «vejado por un grupo de vándalos de unos doce años». La diputada exponía primero los hechos, exigía a continuación duplicar los fondos del orfanato para dar a aquellos niños la protección necesaria y luego me culpaba directamente a mí de la situación en que se encontraba el municipio en materia social, toda una lección de dialéctica populista: exponer primero una situación ya desbocada, ofrecer para ella una solución inalcanzable y acusar como responsable de todo al adversario político. Pero si se deja a un lado la retórica, el discurso de la señora Plante resulta muy ilustrativo de la forma en que el mundo infantil nos había empezado a incomodar a todos.

En el ensayo sobre los altercados titulado *La vigilancia* y publicado en el primer aniversario de la muerte de los 32, la profesora García Rivelles dedica un largo capítulo al mito de la inocencia infantil. *El mito de la inocencia infantil –dice– es una forma bastardeada, positiva y cómoda del mito del Paraíso Perdido. Santos, intercesores y vestales de esa religión de bolsillo, a los niños se les encarga que representen para los adultos el estado de gracia original.* Pero aquellos niños que habían comenzado a tomar silenciosamente las calles se parecían muy poco a las dos versiones de esa *gracia original* que habíamos conocido hasta la fecha: nuestros propios hijos y los niños ñeê. Es verdad que los niños ñeê estaban sucios y sin escolarizar, es cierto que eran pobres y que la miopía de la sociedad de San Cristóbal daba por descontado que eran irrescatables, pero su condición de indígenas no solo suavizaba ese estado sino que en cierto modo lo hacía invisible. Por muy lastimosos, sucios y a menudo afectados por enfermedades víricas que los viéramos, ya nos habíamos inmunizado contra su situación. Podíamos comprarles alguna orquídea o una bolsita de limones sin alterarnos: aquellos niños eran pobres e iletrados como la selva era verde, la tierra roja y el río Eré cargaba toneladas de fango.

En cuanto al resto, no puede decirse que nos distinguiera gran cosa. San Cristóbal no era a mediados de los años noventa una ciudad muy distinta de cualquier otra ciudad grande de provincias. El corazón de la economía de la región, el cultivo de té y cítricos, entró en una época de bonanza particular, los minifundistas y pequeños propietarios comenzaron a cultivar por su cuenta, generando toda una pequeña ascensión de la clase media trabajadora. En un periodo de cinco años la ciudad se había transformado, los pequeños comercios prosperaban, y con ellos, los ahorros y la coquetería general. La constructora de la presa hidroeléctrica financió la restauración del paseo fluvial, un acontecimiento que cambió por completo la fisonomía de la ciudad: el centro histórico dejó de ser el lugar reservado para el ocio, y San Cristóbal comenzó a vivir por primera vez «mirando al río», como tan cursimente le gustaba decir a nuestro alcalde de entonces. En esa nueva ciudad se veía de pronto a madres jóvenes paseando a hijos, parejas de novios y coches deportivos que aún no terminaban de casar con el paisaje y que se iban dejando los bajos en todos los badenes que se habían puesto para regular el tráfico. Los niños, nuestros hijos, no solo eran un objeto decorativo más en aquella escenografía orquestada, sino que en cierto modo suponían el ángulo ciego del esnobismo de la ciudad. La gente estaba tan imbuida en aquella sensación de prosperidad que la aparición de los niños, aquellos *otros* niños, suponía una molestia evidente. El bienestar se pega a los pensamientos como una camisa húmeda, y solo cuando queremos

35

hacer un movimiento inesperado descubrimos lo atrapados que estamos.

Y si de un lado quedaba la retórica, del otro quedaban los hechos. Dos días más tarde yo mismo presencié el primero de los muchos asaltos. Había salido con Maia a dar un paseo y nos los encontramos al cruzar el pequeño parque del cerro. Eran seis, la mayor una niña de unos doce años. Junto a ella y sentados en un banco había otros dos muy parecidos, mellizos tal vez, de unos diez u once años, y dos niñas más sentadas en el suelo que parecían estar jugando a matar hormigas. Todos tenían esa suciedad que se ve a veces en los niños indigentes de las grandes ciudades. También su actitud. Parecían distraídos, pero en realidad estaban vigilantes. Recuerdo que la mayor llevaba un vestido ocre con unos dibujos bordados sobre el pecho –unos árboles o unas flores–, que me miró un segundo y me desestimó.

A unos treinta metros vimos a una mujer de unos cincuenta años que atravesaba el parque con unas bolsas de la compra. Por un instante todo permaneció inmóvil. Me percaté de que tanto Maia como yo tratábamos de enfrentarnos mentalmente a la sensación de que algo inevitable estaba a punto de suceder. La niña mayor se puso en pie. Al margen del desaliño, tenía una limpidez casi felina y esa franqueza que el cuerpo solo manifiesta antes de la adolescencia. Llamó a los niños que estaban a su alrededor y sin decir nada se pusieron todos en pie y se aproximaron a paso rápido hasta la mujer. La niña mayor se detuvo frente a ella y le dijo algo. La cabeza le llegaba más o menos a la altura del pecho, por lo que la señora se inclinó un poco y dejó una de las bolsas en el suelo, momento que aprovechó uno de los más pequeños para agarrarla y salir corriendo.

Yo no llamaría complicidad a toda aquella situación. Había algo demasiado oscuro y demasiado profundo para eso, una especie de coordinación tácita. La naturalidad con que cada uno de los niños adoptó un papel en toda aquella coreografía del robo respondía a algo más que un ensayo o un entrenamiento. Un niño o una niña comenzaba una frase, el otro la completaba. Cuando la señora se dio cuenta de que se habían llevado una de sus bolsas, dejó de hablar con la niña mayor y se volvió bruscamente, momento que aprovechó la niña para agarrar la bolsa que aún sujetaba la mujer y tirar con fuerza. Pero la señora manifestó una resistencia poco previsible. No solo no se dejó arrebatar la bolsa sino que respondió con tanta energía que arrastró a la niña. Uno de los mellizos se abalanzó entonces sobre ella agarrándola del bolso y otro dio un pequeño salto y se colgó directamente de su pelo de una manera brutal.

La pobre mujer dio un grito. Un grito de dolor, evidentemente, pero sobre todo de asombro. El tirón fue tan violento que la llevó directamente al suelo, y los niños aprovecharon la caída para arrebatarle todo y huir con el botín: el bolso y las dos bolsas de la compra. Cuando nos acercamos hasta ella aún tenía un gesto más cercano al desconcierto que a la humillación. Nos miró con unos enormes ojos desorbitados y preguntó: «¿Lo han visto? ¿Lo han visto?»

A partir de aquellas semanas todos empezamos a ver a los niños con regularidad por las calles, los parques, la orilla del río y hasta el centro histórico. Por lo general caminaban en grupos de tres, cuatro o cinco, nunca solos y jamás en un número mayor. Los grupos rara vez eran fijos, aunque es cierto que había dos o tres reconocibles: el de la niña era fácil de identificar porque con ella solían ir aquellos otros dos niños tan parecidos entre sí. Otro de los grupos estaba compuesto por cuatro niños y dos niñas al borde de la pubertad que llevaban faldas hasta los tobillos. El tercer grupo era uno compuesto exclusivamente por chicos al que acompañaba siempre un perro callejero de color blanco. En las grabaciones que se conservan de aquellos meses algunos de esos grupos son relativamente fáciles de identificar, sobre todo el del perro. También en algunas de las fotografías de la célebre exposición *La infancia inútil,* del fotógrafo Gerardo Cenzana (uno de los productos culturales que contribuyó a articular la «versión oficial» de los hechos), se puede llegar a tener la ilusión de que hay niños que se «repiten», rostros con los que todos llegamos a estar familiarizados, pero lo cierto es que hasta eso es difícil de decir con seguridad. Puede que la sensación de que aquellos niños eran un poco más reconocibles no fuera más que una estrategia de nuestra desconcertada conciencia tratando de establecer pautas donde en realidad no las había.

Pero los días pasaban y nadie hacía gran cosa al respecto. Yo había empezado a trabajar ya en el programa con la comunidad ñeê y estaba tan ocupado que apenas pensaba en el asunto. En cierto modo los 32 habían empezado a formar parte de nuestra realidad cotidiana y solo de cuando en cuando y en situaciones inesperadas nos asaltaba el reconocimiento de que algo había cambiado. Un ejemplo: recuerdo que en aquella época –y supongo que porque el libro había aparecido en casa– empecé a leerle a la niña *El Principito* por las noches. Lo había leído en mi infancia con cierto interés, pero al leérselo a mi hija me empezó a producir un rechazo que me costaba trabajo explicarme. Al principio pensé que me irritaba su cursilería, toda aquella instancia solitaria del niño y su mundo, el planeta, la bufandita cimbreada por el viento, el zorro, la rosa, hasta que de pronto entendí que se trataba de un libro perfectamente maligno, un lobo con tres capas de piel de cordero. El Principito llega a un planeta en el que se encuentra con un zorro que le dice que no puede jugar porque aún no está «domesticado». «¿Qué significa domesticar?», pregunta el Principito, y, tras un par de evasivas, el zorro contesta que «crear lazos». «¿Crear lazos?», replica el Principito, más asombrado todavía, y el zorro responde con una magnífica joya de la mala fe: «Claro, todavía no eres para mí más que un niño parecido a otros cien mil niños. Y no te necesito. Y tú tampoco me necesitas. Pero si me domesticas, tendremos necesidad el uno del otro.» Un par de páginas más adelante y frente a un campo de rosas, el Principito demuestra haber aprendido la lección del cínico: «No sois de ningún modo parecidas a mi rosa, no sois nada aún. Nadie os ha domesticado y vosotras no habéis domesticado a nadie. Sois como era mi zorro. No era más que un zorro parecido a cien mil otros. Pero me hice amigo de él y ahora es único en el mundo.»

Todavía hoy me hace estremecer la forma en que nuestra ingenuidad ante el comienzo de los altercados se parecía a la que llevó a Saint-Exupéry a escribir esas cosas. Al igual que el Principito, también nosotros pensábamos que nuestro amor privado por nuestros hijos los transfiguraba, que incluso con los ojos vendados habríamos podido identificar sus voces entre miles de voces infantiles. Lo confirmaba tal vez el hecho inverso: el de que aquellos otros niños que iban ocupando poco a poco nuestras calles eran versiones más o menos indistinguibles del mismo niño o la misma niña, niños «parecidos a otros cien mil niños». A quienes no necesitábamos. Que no nos necesitaban. Y a los que, por supuesto, había que domesticar.

Pero la realidad es insistente y ni siquiera así dejaban de ser niños. ¿Cómo se nos podía olvidar si era ahí precisamente donde empezaba el escándalo? Niños. Y un buen día resultó que robaban. «¡Parecían tan buenos!», exclamaban algunos, pero tras ese grito había una ofensa personal: «Parecían tan buenos y nos han engañado, esos pequeños hipócritas.» Eran niños, sí, pero no como *nuestros* niños.

La tarde del 3 de noviembre de 1994 el alcalde Juan Manuel Sosa nos convocó en la sala de juntas a una reunión de emergencia a Amadeo Roque, director provincial de la policía de San Cristóbal, Patricia Galindo, jueza de familia encargada del Tribunal de Menores, y a mí. El alcalde entró en la sala y dejó caer sobre la mesa una carpeta que, a juzgar por su gesto de decepción, hizo un ruido menor del esperado. Maia solía decir que en San Cristóbal bastan cinco minutos de poder para que a un hombre se le ponga cara de cacique. Sosa podría haber sido un buen ejemplo de ese caso: no era lo bastante inteligente para ser peligroso, pero tampoco lo bastante inofensivo para resultar cómico. Tenía eso que suele llamarse «la astucia del pueblo», y no se sabía qué era peor, si su oportunismo o el hecho de que fuera prometiendo favores a diestro y siniestro.

Pero los hechos que expuso el director de la policía estaban lejos de la fantasía: una pareja de agentes se había acercado a un grupo de niños que llevaba varios días en la plaza 16 de Diciembre y habían asaltado a algunos viandantes. Según uno de los agentes los niños contestaron a las preguntas «en una lengua incomprensible» y les atacaron cuando trataron de llevarse a comisaría al menor, un niño –según sus palabras– de unos diez años. En una primera versión aseguró que había sido uno de los niños el que le había arrebatado la pistola y «había disparado al azar», pero el testimonio de varios testigos le llevó a reconocer al fin que había sido el forcejeo lo que había provocado que a él mismo se le disparara el arma involuntariamente. La bala había atravesado la ingle de su compañero, el oficial Wilfredo Argaz, que había muerto desangrado pocos minutos después, frente a los servicios médicos.

El agente se llamaba Camilo Ortiz, tenía veintinueve años, llevaba dos en el cuerpo y estaba en el calabozo a la espera de pasar a disposición judicial por homicidio involuntario. El difunto Wilfredo Argaz tenía treinta y ocho, era padre de dos niñas y cargaba con un historial bastante más cuestionable que el de su compañero: dos investigaciones internas por mordidas y una falta grave por abuso de autoridad durante un interrogatorio a un delincuente. Puede que no fuese precisamente un angelito, pero ahora era un angelito muerto. Camilo Ortiz iba a tener que responder ante la justicia por haber sacado el arma injustificadamente, y aunque no parecía difícil que se librara de la cárcel, no había juez sobre la tierra capaz de exonerarle (como sucedió finalmente) del pago de una cuantiosa indemnización y la expulsión del cuerpo de policía.

Gracias al comunicado oficial que acordamos en aquella misma reunión la muerte de Wilfredo Argaz pasó por un accidente trágico y evitable en el ejercicio del deber. Como es lógico, evitamos mencionar a los niños en todo momento y los sustituimos en el comunicado por unos «delincuentes comunes». Una coincidencia del destino hizo que aquella misma tarde muriera también Nina, la famosa cantante, y su muerte acaparó tanto la atención de la prensa que el fallecimiento de Wilfredo Argaz pasó a ser poco más que una nota al pie en la crónica de sucesos.

Pero la mujer de Argaz no parecía dispuesta a dejar pasar las cosas tan alegremente. A los dos días de la muerte de su marido se plantó en la puerta del ayuntamiento con evidentes signos de embriaguez y sus dos hijas de la mano y estuvo gritando «asesinos» casi veinte minutos frente a la ventana del alcalde.

Toda mi vida me he relacionado mal con las exhibiciones públicas del dolor. Siempre que he tenido que enfrentarme a ellas, he tenido la inquietante sensación de que mi cerebro bloqueaba mi sensibilidad, incluso contra mí mismo. Recuerdo que cuando murió mi madre en el hospital, mi padre se echó sobre su cuerpo sin vida y se puso a gritar. Sabía que la había querido siempre muy sinceramente, y yo mismo estaba tan aturdido por el dolor que apenas era capaz de articular palabra, pero aun así no pude evitar sentir que toda la escena era extraordinariamente falsa y aquello me perturbó casi más que la muerte misma.

De pronto dejé de sentir, la habitación me pareció más grande y vacía, y en mitad de ese espacio pensé que todos nos habíamos quedado rígidos como estatuas. Lo único que era capaz de repetirme una y otra vez era: «Buena actuación, papá, qué buena actuación, papá...»

Cuando vi a aquella mujer gritando en la plaza me produjo una sensación parecida. El pelo desgreñado, las dos niñas casi adolescentes, los evidentes signos de ebriedad..., había algo tan obsceno en ella que ni siquiera me escandalizó mi falta de compasión. La miraba desde la ventana de mi despacho como si la distancia que nos separaba fuese cósmica. Gritaba y sus gritos no tenían sentido. Insultaba alternadamente al alcalde y a Camilo Ortiz, que debía de estar oyéndolo todo desde el calabozo. Me senté y seguí trabajando. La mujer se calló. Hubo un silencio inesperado y entonces comenzó a gritar de nuevo, pero algo muy distinto: «¡Fueron los niños! ¡Fueron los niños!»

Fue muy extraño. La frialdad que había sentido hasta ese punto se volatilizó al instante para convertirse en odio. Sentí como si aquella mujer estuviese gritando en la plaza un secreto que yo estaba encubriendo, algo vergonzoso que no me había atrevido a enunciar y que había estado guardándome en mi interior durante semanas. Salté de la silla. Fui corriendo hasta el despacho de Amadeo Roque y le pregunté hasta cuándo tenía intención de permitir que aquella zorra siguiera gritando frente al ayuntamiento. El jefe de la policía me miró asombrado.

Aquella zorra.

Resulta curioso cómo la brutalidad de ciertas palabras puede aguardarnos durante años para reencontrarse con nosotros, tan intacta como cuando las pronunciamos. Incluso ahora, casi veinte años después, esas palabras parecen unos monjes que me hubiesen estado esperando pacientemente en el interior de su monasterio para abochornarme. El talión de la memoria.

Dos días después, en su columna de *El Imparcial* del 6 de noviembre, Víctor Cobán demostró ser una de las pocas personas que comprendía lo que estaba sucediendo: *Solo alguien tan insensato como nuestro alcalde Juan Manuel Sosa sería capaz de dudar a estas alturas de la catástrofe que se avecina si no se pone solución al asunto de los niños de la calle. Puede que la muerte de Wilfredo Argaz no haya sido más que un accidente aislado, pero el episodio funciona como metáfora. Y las metáforas son poderosas: igual que no entendemos lo que dicen esos niños, que se volatilizan por las noches como si nunca hubiesen pertenecido a nuestro mundo o que no parecen tener un líder claro, resulta evidente que su presencia está cargada de un propósito aún por descifrar.*

Era cierto: no parecían tener un líder claro. Puede que algunos de los grupos estuvieran «capitaneados» a ratos por ciertos niños, pero sus movimientos no parecían orquestados por un solo cerebro. A veces se reunían en la parte trasera del ayuntamiento, pasaban muchas horas allí, tirándose por un terraplén de césped, riéndose y levantándose para volver a empezar. Cuando estaban alegres apenas se diferenciaban de nuestros hijos. Gesticulaban para hacerse reír entre ellos, o se levantaban rápido después de rodar y al hacerlo se caían de culo provocando un gran jolgorio. Yo mismo recuerdo haber sonreído en muchas de aquellas ocasiones, asombrado de que fueran los mismos a los que evitábamos cambiándonos de acera o cruzando las plazas de lado a lado cuando los veíamos. Más aún, me parecía que en aquellos niños había una alegría y una libertad a la que en cierto modo nunca habrían podido llegar los niños «normales», que la infancia quedaba mucho mejor expresada en sus juegos que en los juegos reglados y llenos de prohibiciones de nuestros hijos.

Hoy puede parecer un descuido grave, pero en las ciudades pequeñas como San Cristóbal las prioridades policiales están del lado criminal, y de momento nada había demostrado que los niños fueran criminales. Las pocas veces en que algún policía los pillaba con las manos en la masa e intentaba atraparlos se separaban al instante y corrían en todas las direcciones. Luego se volvían a reunir. No era raro, por ejemplo, ver cómo dos grupos distintos aparecían en un mismo lugar de forma accidental, discutían un poco y a continuación uno se marchaba. Si hubiesen obedecido instrucciones habría tenido que verse entonces a dos pequeños líderes llegando a un acuerdo, pero jamás se daba esa situación: discutían de una manera desorganizada y perfectamente aleatoria, como si por un instante hubiesen olvidado lo que los había llevado hasta allí, y luego volvían a separarse, a veces hasta con sus miembros relativamente intercambiados. Recuerdo haber escuchado a alguien comparando su comportamiento con el de las células en un organismo, eran individuos, pero su vida estaba completamente absorbida por la de la república, como la de las abejas de un panal. Pero si los niños componían efectivamente un cuerpo unificado, ¿dónde estaba el cerebro? Si eran como una colmena, ¿quién era la abeja reina?

La segunda de las cosas a las que alude Víctor Cobán en su columna –la forma en que desaparecían al llegar la noche– no resultaba menos inquietante. Demuestra que aún no sabíamos que los 32 se adentraban en la selva al anochecer. Hoy sabemos que durante aquellos meses tuvieron asentamientos cerca del río, a menos de un kilómetro del paseo, y que en dos o tres ocasiones trasladaron su campamento a lo largo de esa línea hacia el interior, pero la razón por la que eligieron esos lugares (aparte de la obviedad de defenderse de nosotros) sigue sin explicarse.

¿Habría sido todo más sencillo si hubiésemos entendido lo que decían? O más bien: ¿si ellos hubiesen permitido que les entendiéramos? Difícil saberlo. Hay un artículo del profesor Pedro Barrientos –catedrático de filología en el aula de la Universidad Católica de San Cristóbal– que ya no puede leerse sin sonreír, en el que afirma que los niños hablaban una subversión del ñeê. También se dijo por aquella época que se comunicaban en una especie de nuevo «esperanto» y otras insensateces incluso mayores, afirmaciones que hoy nos resultan ridículas pero que entonces se hacían muy en serio y hasta con aire de autoridad.

Una de las cosas más trágicas de los altercados es que hayan quedado tan pocos testimonios acústicos.

Pueden oírse sus voces en algunas de las grabaciones del asalto al supermercado Dakota. Parecen trinos de pájaros casi indistinguibles, como el zumbido que se produce en el interior de la selva, pero basta cerrar los ojos para comprobar hasta qué punto la música de sus frases compone lo que podría ser la conversación de unos niños corrientes: la cadencia de las exclamaciones se sucede a la de las quejas, las afirmaciones rotundas a los gestos de aclamación, las preguntas alambicadas a las respuestas. Y la alegría, como si esos niños hubiesen encontrado un secreto de la alegría que les costaba encontrar a los niños normales. Al escuchar esas risas se tiene la sensación de que el mundo ha quedado compensado en algo solo por haber sido capaz de producir ese sonido. Pero no entendíamos una palabra.

Durante aquellos meses en que los niños recorrieron las calles casi nunca se dirigían a nosotros y cuando hablaban entre ellos lo hacían en murmullos o al oído. Si nos decían, por ejemplo, «una moneda», hasta esa palabra totalmente reconocible tenía un aire desviado, como si la hubiesen hinchado desde el interior. No soy ningún experto en lingüística, pero me sigue llenando de asombro que unas circunstancias tan banales alteren de una forma tan radical nuestra percepción subjetiva de una lengua. A ratos pienso que los niños podrían haber hablado perfecto español y ni siquiera así les habríamos entendido, nos habría seguido pareciendo que hablaban otro idioma.

Y sin embargo para cada jeroglífico hay una piedra Rosetta, la nuestra con nombres y apellidos. No se habría podido tener jamás una dimensión objetiva de los altercados de San Cristóbal sin una jovencita de doce años residente en el barrio de Antártida llamada Teresa Otaño. Teresa era en cierto modo (sigue siéndolo hoy, aunque por motivos muy distintos de aquellos) todo un espécimen de la ciudad. Su madre era un ama de casa de origen ñeê y su padre un médico rural del interior que gracias a su fama había abierto una consulta muy concurrida en el centro. Bien habría podido ser una de las alumnas a las que Maia daba clase de violín: educada, perspicaz, distante aunque de orígenes humildes, Teresa Otaño era ya a sus doce años proclive a cierto clasismo muy larvario en aquella época.

La clase media de San Cristóbal –por hacer un fugaz retrato robot– recordaba a aquella célebre fábula de las tres ranas que caen en un cubo de leche: la optimista, la pesimista y la realista. «No creo que me ahogue en un lugar tan pequeño», piensa la rana optimista, pero su apatía la lleva precisamente a hundirse y a morir en primer lugar. «¡Ha muerto la rana optimista!», piensa la rana pesimista. «¿Cómo podré salvarme yo?», y su desesperación la lleva a morir al instante. Pero la tercera, la rana realista, que en todo momento había estado moviendo sus patas para salir a flote, comienza a moverlas cada vez con más desesperación ante la muerte de sus compañeras y de pronto siente algo firme y duro en lo que apoyarse para saltar: con el batir de sus patas ha fabricado mantequilla, su realismo (o su desesperación) la ha salvado. Tras décadas de esfuerzo denodado y mucha tenacidad, una buena parte de la clase media sancristobalina se había convertido en clase acomodada: familias que hacía una década habían tenido serios problemas para pagar el alquiler de un galpón podían permitirse comprar terrenos relativamente bien situados y construir en ellos sus propias casas. Teresa Otaño pertenecía, lo supiera o no, a esa clase. Estaba acostumbrada a ir con sus amiguitas desde la colonia Antártida, que por aquel entonces solo era una promesa de barrio pudiente cercano a la selva, al colegio de la Sagrada Concepción y a mirar con cierto desdén a los niños ñeê a los que sus madres llevaban arrastrando de la mano a vender orquídeas.

Otaño publicó su diario de infancia a la edad de veinticinco años, once años después del accidente que acabó con la vida de los 32 y ya hecha una joven. Se convirtió al instante en un pequeño bestseller local. Una mente maquiavélica no habría podido diseñar con más eficacia un éxito editorial: los altercados estaban todavía tan frescos en la psique colectiva que cualquier publicación sobre el caso se convertía de inmediato en ventas aseguradas. El diario añadía además una perspectiva inédita: la de una niña. Una niña que miraba a aquellos niños que tanto nos habían perturbado. Al instante surgieron los paralelismos; con una frase más retorcida que el intestino de un contorsionista, en el prólogo se comparaba el libro con *El diario de Ana Frank*. Y lo cierto es que la niña Otaño tenía un don: el de añadir al infantilismo inevitable y propio de su edad una dosis de autoconciencia nada corriente. *Cuando lea esto dentro de veinte años pensaré:*

50

yo de niña era terrible, escribe en una de las primeras páginas reflexionando sobre la idea de afrontar su diario con *sinceridad total,* una frase que está lejos de las posibilidades de un cerebro de doce años corriente.

Pero Teresa Otaño hizo algo todavía más extraordinario que ser una perspicaz niña acomodada: descubrió el código con el que hablaban los 32. Todo sucedió por una hermosa cadena de causalidades. Junto a la casa de Teresa, y en una de las esquinas de la avenida Antártida, solían reunirse algunos de los 32 en su camino nocturno hacia la selva. En realidad se trataba solo de una pequeña parada, una especie de punto de encuentro. Al principio Teresa Otaño se limita a apuntar, fascinada, los días en que los ve, si son tres, cuatro o cinco, la ropa con que van vestidos, etc. Establece patrones e identifica a algunos hasta que uno de ellos —al que al principio apoda «el flequillo» y al final «el gato»— provoca en ella un enamoramiento pubescente.

El «gato», al igual que muchos de los 32 y según el diario de Teresa Otaño, fumaba sin parar, con el frenesí endiablado que los vicios de los adultos solo adquieren cuando los adoptan los niños. Debía de ser uno de los mayores del grupo y tendría alrededor de trece años. Teresa lo describe varias veces fumando sobre una de las tapias que quedaba frente a la entrada de su casa *como un forastero perdido.* En cierta ocasión relata una escena que podría hacer las delicias de un analista sobre el nacimiento de la conciencia erótica: *Fue hasta la valla y oí el sonido de la cremallera de su pantalón, el golpe del pis contra la tabla y el ruido que hizo al escupir. Luego se inclinó y apoyó la frente en la valla.* No creo que se le escape a nadie que el éxito del diario de Teresa Otaño se debe en buena medida a los pasajes de este estilo que abundan en la primera parte del libro. Otaño –como muchos niños de San Cristóbal– fue una niña precoz, entendía de una manera vaga que se había producido una ruptura entre su manera de ser niña y la forma en la que aquellos niños lo eran, no se trataba ya solo de una cuestión de pobreza o de desamparo, sino de algo más profundo que ella nota *clavado en la tripa* (por utilizar sus palabras) y que pone en compromiso su escala de valores. Con sus palabras infantiles enuncia algo que la sociedad en la que vivía no había terminado de comprender aún: *Pienso mucho, pero no digo mucho.* ¿Puede imaginarse un diagnóstico más certero de lo que nos pasaba a todos? Y luego, en otro lugar: *Cuando los vemos en la calle fingimos que no están allí, pero ellos nos miran y no dicen nada, como buitres.*

Los paseos con sus amigas desde su casa hasta el colegio de la Sagrada Concepción comienzan a convertirse en pequeñas aventuras para la joven Teresa. *Hoy han pasado corriendo a nuestro lado y he sentido en el brazo el roce de una de las niñas, el roce de sus pelos, como una cosquilla.* Tan lejos, tan cerca. Y a las pocas semanas afirma que a una de sus amigas le han prohibido ir sola al colegio por el miedo que sienten sus padres, una muestra más de que ya varios meses antes del asalto al supermercado Dakota la animadversión contra los 32 comenzaba a tener consecuencias palpables en la ciudad.

No siempre es fácil determinar si lo que nos amenaza tiene más influencia sobre nosotros que lo que nos seduce. La propia naturaleza de esas dos cosas a veces no es contrapuesta sino casi indistinguible. En el diario se ve que Teresa es incapaz de resistirse a la tentación aun sabiendo que puede ponerla en peligro. Y no solo pasivamente: guarda la mitad de su bocadillo del mediodía y lo abre fingiendo distracción cuando pasa frente a los niños de regreso a casa, se «deja ver» desde el exterior del patio y juega en las partes que se pueden apreciar desde la calle. No es tan raro al fin que acabe enamorándose de uno de ellos. El «gato» no es más que una superconcentración de ese espíritu invisible.

Tal vez uno de los momentos más emocionantes del diario sea la entrada del 21 de diciembre, cuando descubre el código de su lengua. Pero el relato de esa entrada requiere una pequeña explicación previa:

Pocos días antes los «niños de la calle» (como a veces se llamaba por aquella época a los 32) habían protagonizado un episodio que había acabado para siempre con el espíritu amistoso o indiferente de la ciudad, si es que había existido alguna vez. En el departamento de Asuntos Sociales habíamos aprovechado la cercanía de las fiestas de Navidad para hacer una campaña de solidaridad a la que aquel año habíamos querido dar un toque «angélico»: nuestra intención era que los productos básicos que solíamos repartir para cubrir las necesidades de las familias en las fiestas aparecieran anónimamente en las puertas de las casas de los más desfavorecidos. Aquella insensatez fue una de esas ocurrencias que a veces nacen por puro aburrimiento en mitad de una reunión. Tal vez habría bastado con que alguien, en un tono moderado, nos hubiese recordado que no vivíamos en Copenhague, pero como nadie lo hizo y el sentido común solo se pierde cuando más se necesita, la noche del veinte de diciembre –y con un secretismo del que en ese momento estábamos orgullosos– se repartieron más de tres toneladas de productos básicos comprados con las donaciones de caridad y el presupuesto que nos había quedado de ese año y se dejaron en puertas de casas, comedores, residencias, etc.

El amanecer fue espantoso. Cuando la ciudad despertó sobre las seis de la mañana casi todos aquellos regalos tan prolijamente dispuestos la víspera habían sido reventados. Los 32 habían destrozado los paquetes de arroz y harina y los habían desperdigado por todas partes, las latas de aceite y las botellas de leche estaban rotas, las conservas abiertas y llenas de insectos. Cuando salí de mi casa para dirigirme al ayuntamiento y vi lo que había ocurrido, la imagen me dejó al borde del ataque de ira. Frente a la puerta de mi casa había algunos paquetes de golosinas y dulces tirados de cualquier manera. En algunos se veían las marcas de los bocados: no eran precisamente de animales salvajes, sino las huellas reconocibles y familiares de mordiscos infantiles y también de manos pequeñas. Habían dibujado caras sonrientes en las manchas de harina y desperdigado los paquetes de arroz. No se habían molestado en ocultar el delito. Todo había quedado destrozado por el simple placer de jugar. El espectáculo era una verdadera fiesta del ultraje. Si al menos se hubiesen comido ellos aquella comida o la hubiesen robado para hacerlo más tarde, la idea caritativa que nos había impulsado a dejar allí todas aquellas cosas habría tenido un propósito. Pero aquella destrucción gratuita fue demasiado.

La noche de ese día crucial una niña de doce años escucha desde la habitación de su casa cómo hablan de lo que ha sucedido mientras esperan la llegada de sus compañeros para dirigirse a su refugio nocturno. Son, según el diario de Teresa Otaño, seis: dos chicas y cuatro chicos, y entre ellos está el «gato». Tal vez por la excitación de los sucesos, hablan un poco más alto de lo normal y Teresa puede oírlos con claridad. Al principio es solo una intuición, como cuando el cerebro se sabe a punto de resolver un problema matemático, luego esa sensación se disipa: *Las entiendo y no las entiendo,* dice Teresa Otaño: y a continuación: *¿Hablan en lenguaca?*

Al igual que cientos de miles de niños de todo el mundo, Teresa Otaño había creado una lengua secreta para comunicarse con sus amigas sin ser comprendida. Era muy elemental y se basaba en la repetición de la sílaba «ca» de manera más o menos aleatoria entre las sílabas medias o al final de la palabra que pretendía ocultar. La palabra «lengua» podía convertirse indistintamente en «lenguaca», o «lencagua», por poner un caso, la palabra «lápiz» en «lapizca» o «lacápiz». Con ese truco elemental Teresa Otaño y sus amigas se mandaban notas en clase con la sensación de que podían pasar en clave. Los 32 habían desarro-

llado un sistema parecido, aunque extraordinariamente más sofisticado. Teresa Otaño «comprende»
por fin algunas palabras y hasta frases sencillas y se da
cuenta de que están comentando lo que ha sucedido
esa misma mañana durante el destrozo de nuestro
«angélico» proyecto de caridad. Uno de los chicos reprocha a los pequeños no haber guardado algo, seguramente comida, y los pequeños se lo echan en cara
el uno al otro hasta que uno de ellos se pone a llorar.
El «gato» le dice al que llora que se calle de una vez y
el niño le contesta: *No me callo, tú no mandas, nadie
manda*. Más lamentaciones y lamentaciones y finalmente (según el testimonio de Teresa Otaño) una
frase fascinante: *¿Entonces tú quieres que digamos siempre la verdad?*

Cada vez que releo esa primera conversación un
tanto incomprensible y «traducida» por Teresa Otaño
siento una especie de emoción, como si de pronto se
manifestaran con palabras humanas los ladridos de
los perros o el chirrido de los delfines. El mero pensamiento de que con un poco más de ingenio y sentido
común habríamos podido comprender lo que aquellos niños se decían entre sí, me parece ahora una
pérdida mayor que la de El Dorado o el secreto de las
pirámides. Es evidente que Teresa Otaño estaba lejos
de entender la totalidad de las conversaciones y que
rellenaba con palabras y frases de su cosecha los blancos de sentido, pero la grieta estaba abierta.

Mucho tiempo después, y con las horas de grabaciones accidentales que se fueron recuperando con los
años, la catedrática de sociolingüística Margarita Ca-

denas elaboró un fascinante estudio titulado *La nueva lengua,* que pasó injustamente desapercibido fuera del ámbito académico. La tesis de Cadenas es atrevida y, aunque a ratos es más fantasiosa que científica, se sostiene. Según ella, la «necesidad» de una lengua nueva en la comunidad de los 32 no surgió de la exigencia de codificación ante otro grupo –los niños no eligieron hablar de ese modo solo para que alguien no les comprendiera, tal y como sí hacían, en el contexto de su clase, la joven Teresa Otaño y sus amigas–, sino de un impulso perfectamente lúdico y creativo. La profesora considera que aquellos niños necesitaron, en el contexto de un mundo y una vida nuevos, una lengua nueva. Palabras nuevas para nombrar aquello que aún no había sido nombrado. Cadenas se muestra en contra de la teoría de Saussure sobre la arbitrariedad del signo lingüístico que asegura que la relación entre la palabra y la cosa nombrada es inmotivada, que no hay ninguna razón lógica por la que el objeto «mesa» tenga que llamarse necesariamente «mesa» y no –con la misma falta de motivación– «árbol» o «plaza». Según ella, la lengua que estaban «empezando a inventar los niños mediante juegos codificados empleando el español como base de su invención» funcionaba justo al revés: *trataba de encontrar un lugar en el que esa conexión no fuese arbitraria, sino motivada, una lengua mágica en la que los nombres de las cosas brotaran de una manera espontánea de su propia naturaleza.*

Cuando un pájaro da sus primeros pasos temblorosos a la salida del nido y salta desde una altura que podría provocarle la muerte, no está haciendo una disquisición filosófica sobre el arte del vuelo, está volando sin más: su gesto responde a milenios de información genética, la síntesis de su movimiento ya se ha producido en su cerebro antes de dar los primeros aleteos. Es evidente que los 32 no organizaron un congreso de lingüística antes de pronunciar las primeras palabras en aquella lengua nueva. La tesis de Cadenas es particularmente sólida en ese punto: el origen de la lengua fue el mismo juego, para los 32 la necesidad de la lengua no provenía tanto de la necesidad de comunicación como de la necesidad de jugar. Utilizaron el español como base, pero luego ejercieron sobre él todo un ejercicio sincrético. Suprimieron los tiempos verbales y los redujeron al presente de indicativo. La información temporal quedaba al final de la frase, con una indicación genérica. Una oración como «Fui a tu casa» se reformulaba según la profesora como: «Voy a tu casa ayer.» Y si desde el punto de vista estructural la lengua de los 32 era sincrética, tendía a la simplificación y a la unificación, desde el punto de vista del vocabulario era precisamente todo lo contrario, tendía a la creatividad, al caos, a la multiplicación.

Cadenas sostiene que para crear palabras nuevas los 32 incluían a veces –como la joven Teresa Otaño– sílabas repetidas de forma aleatoria, otras alteraban el orden de las sílabas convirtiendo «tiempo» en *potiem* o «claro» en *rocla,* pero en muchas ocasiones sencillamente inventaban de la nada una palabra nueva y la asumían como propia, lo que provocaba que para un solo objeto pudiese haber hasta dos y tres términos diferentes en uso activo. Del último grupo –el de las palabras «motivadas»–, gracias al diario de Teresa Otaño y a la tenacidad de la profesora Cadenas, conocemos algunas como *bloda* para «oscuro» (o «noche»), *tram* para «comunidad» («familia», «grupo») y otras como *jar* («plaza», «lugar de reunión»), *mel* («cielo») o *galo* («lucha», «enfrentamiento»). De lo que no cabe ninguna duda es de que la lengua de los 32 estaba en una fase muy inicial y que ni ellos mismos sabían hacia qué lugar se dirigía. Merecería un libro aparte el misterio de que un grupo de niños que en aquel momento apenas llevaban unidos seis meses –hasta donde sabemos– hubiesen aprendido con tanta eficacia y velocidad los códigos de una lengua nueva, pero no se me ocurre una persona menos dotada que yo para hacer ese trabajo.

En cuanto a la niña que espía desde la ventana, la joven Teresa Otaño, es casi imposible no imaginársela inmóvil, atenta. Hay en su diario algo mucho más reseñable que la fascinación púber por ese grupo de «pequeños salvajes»: el desprecio inevitable que siente ante lo que no puede comprender. Tal vez lo verdaderamente oscuro es que aquella niña representaba un sentimiento colectivo que estaba comenzando allí, en la sensación de que por mucho que los viéramos en nuestras calles, por mucho que especuláramos sobre qué significaba lo que decían o dónde se escondían por las noches, por mucho miedo que les tuviéramos y por muy poco que nos atreviéramos a reconocerlo, aquellos niños ya habían empezado a cambiar los nombres de todo.

En cierta ocasión leí que el verdadero descubrimiento de Hitler tras la Primera Guerra Mundial no fue, como suele pensarse, el de que podía canalizar la furia y el resentimiento de una nación para embarcarla en un proyecto delirante, sino algo minúsculo y casi banal: que la gente no tiene vida privada, que los hombres no tienen amantes ni se quedan en casa a leer un libro, que en realidad la gente está siempre dispuesta a las ceremonias, las concentraciones y los desfiles. Ahora que Maia ha muerto he llegado a la conclusión de que el verdadero objeto del matrimonio no es otro que el de hablar y que eso es precisamente lo que lo distingue de otro tipo de relaciones personales, y también lo que más se echa de menos: todos esos comentarios triviales, desde el malhumor de la vecina hasta lo fea que es la hija de un amigo, esas observaciones inútiles y seguramente poco perspicaces son la esencia de nuestra intimidad, lo que lloramos cuando ha muerto nuestra mujer, nuestro padre, nuestro amigo.

Pocos meses después de la muerte de Maia me asaltó la duda de en qué consistirían los placeres secretos de mi mujer. Cuáles eran sus pequeñas satisfacciones, sus compensaciones minúsculas. La sensación de que esos secretos de Maia habían muerto con ella me produjo tal congoja que sentí como si su existencia completa se hubiese reconcentrado hasta un nivel subatómico. Pero siempre hay un hilo del que se puede tirar, de pronto recordé sus manos y la forma que adoptaban cuando explicaba a sus alumnos cómo había que atacar el instrumento según la escuela rusa o la francesa, dependiendo de lo que se pretendiera en cada momento: precisión o emoción. La precisión estaba en el brazo, la emoción, en la mano o, mejor aún, en las falanges, en los dedos. Y luego vi sus dedos y recordé también el concierto en nuestra casa, aquella Navidad de 1994, y las niñas.

Maia había instaurado la costumbre mucho antes de conocerme: siempre que llegaba la Navidad organizaba un pequeño concierto con todos sus alumnos. Cada uno preparaba una pieza según sus posibilidades y la tocaba frente a las familias. Al final también tocaba ella acompañada de su trío de cuerda. Siempre me impresionaba el rostro de mi mujer al tocar, daba la sensación de que estuviera cayendo en el vacío, pero a una velocidad suave que exigía una enorme concentración. Se ponía en pie muy erguida con aquellas piernas suyas redondas y finas, una ligeramente adelantada a la otra, y apoyaba la cabeza sobre el violín de tal forma que siempre me hacía pensar en que la recostaba sobre un almohadón. La presión del rostro sobre el instrumento hacía que sus labios parecieran ligeramente más carnosos que de costumbre, y como cerraba siempre los ojos, o los abría solo para echar rápidos vistazos a la partitura, parecía que la música fuera algo que únicamente podía producirse en el interior de una oscuridad relativa.

Aquel día el concierto se hizo en el patio de nuestra casa, y con su habitual espíritu antinavideño Maia tocó «El trino del diablo», de Tartini, una pieza por la que sentía predilección y que siempre le salía muy bien. Los alumnos habían ido desfilando en una comitiva poco memorable, y cuando llegó el turno de Maia me di cuenta de que entre los arbustos que separaban nuestra casa de la calle aparecían los rostros de tres pequeñas criaturas, dos niños y una niña. Debían de tener entre diez y doce años. Se habían arrastrado por debajo de todo el seto, tenían el pelo cubierto de hierbajos y estaban escondidos bajo las ramas. Parecían tres versiones de la misma criatura salvaje, pero sus rasgos eran tan precisos y finos que todavía hoy puedo recordarlos con nitidez. Uno de los niños tenía una boca muy grande y expresiva, el otro los párpados caídos, y la niña, la más grande de los tres, una cabeza cuadrada, orejas de soplillo y un aspecto exageradamente desconfiado.

El episodio de las cestas de caridad había sucedido hacía poco, y durante aquellos días la prensa se había cebado conmigo. En la tira cómica de *El Nacional* me habían caricaturizado como una especie de flautista de Hamelín tras el que iba una nube de niños desarrapados. Yo estaba tan molesto que cuando vi aparecer aquellas tres caras mugrientas bajo del seto me lo tomé como una afrenta personal. Decidí que dejaría que Maia empezara a tocar para atrapar al menos a uno de ellos. ¿Qué tal una fotografía agarrando con firmeza –sin violencia pero con firmeza– a aquella niña y llevándola personalmente al centro para menores de San Cristóbal? No estaría mal para dejar zanjado el asunto antes de las fiestas.

Maia comenzó a hablar sobre la sonata de Tartini. Yo la había oído decenas de veces relatar aquella historia a sus alumnos. Explicó que, según le contó a Lalande y este escribió en su *Viaje de un francés a Italia,* en 1713 Tartini pasó una noche en una posada y en ella tuvo un sueño en el que se le aparecía el diablo. Tras una inquietante conversación le vendió su alma a cambio de un deseo: convertirse en un famoso compositor. Ávido de ponerle a prueba, le entregó su violín y le pidió que compusiera algo para él. El diablo tocó entonces una sonata barroca tan prodigiosa que Tartini pensó que no había escuchado nada parecido en su vida y el deslumbramiento le hizo despertar angustiado. Un segundo después, y a la luz de una vela –sin saber si había vendido verdaderamente su alma al diablo por aquella pieza o si había sido solo un sueño–, Tartini transcribió lo poco que recordaba de la melodía y la tituló «El trino del diablo», una pieza fantástica.

Maia hizo una pausa teatral.

–Una sonata compuesta por un hombre dormido –añadió.

Vi cómo los niños fruncían el ceño desde su escondite. Sus rostros todavía expresaban cierta resistencia, pero daba la sensación de que algo en sus espíritus había quedado desarmado: el diablo, el sueño, tal vez aquella forma tan melodramática de Maia de contar las historias plagándolas de medias verdades. Los niños se apoyaron en las palmas de las manos y clavaron la mirada en ella. Me levanté de la silla y me acerqué, tratando de llamar la atención lo menos posible. Maia comenzó a tocar y yo me apoyé en un árbol para disimular. Desde allí podía ver la mano de la niña. Salía bajo el arbusto como la nariz de un topo, y decidí que cuando comenzara el *allegro* saltaría sobre ella y la agarraría con fuerza.

Todo sucedió muy deprisa, y cuando salté lo único que acerté a pensar es que me había excedido. Lo primero que sentí fue que la mano de la niña era extraordinariamente pequeña y estaba demasiado caliente. Tenía la dureza de una piedra pero también la familiaridad de una mano infantil, me vino a la mente la mano mil veces repetida de la niña cuando salíamos a pasear. Tiré con fuerza y la saqué con facilidad. Más que su cara, vi su boca abierta, una boca como un pozo diminuto. Pataleaba y gritaba con tanta fuerza que por un instante pensé que no era un ser humano lo que tenía entre mis brazos, sino una especie de insecto gigante. No sabía exactamente por dónde la estaba agarrando, las partes que parecía que iban a ser blandas resultaban ser duras y sus articulaciones se doblaban por lugares imprevisibles. La niña gritaba con un chirrido insoportable y cuando intenté taparle la boca sus dos compañeros saltaron sobre mí y comenzaron a arañarme la cara.

64

Hay una extraña relación entre el terror y el pensamiento, como si el primero fuese el inhibidor necesario del segundo y al mismo tiempo su promotor necesario. No la solté de inmediato, mantuve su mano agarrada con fuerza y me cubrí la cara con la otra para protegerme. Más que arañazos sentía como si me estuviesen sacudiendo con unas ramas muy finas. Por un instante perdí el sentido de la orientación y caí al suelo. Solté a la niña y un segundo después ya había acabado todo. Maia se acercó hasta mí.

—¿Estás bien? ¿Me ves? —preguntó.

—Sí, ¿por? —respondí tocándome los párpados, pero cuando me acerqué los dedos a los ojos vi que los tenía cubiertos de sangre.

La herida parecía más escandalosa de lo que era en realidad, tras lavarme la cara todo quedó en unos arañazos. Eso sí, la sensación de que aquellos niños habían intentado sacarme los ojos persistió esa noche al principio como una ocurrencia y al final como un sueño. Al igual que Tartini en su posada, yo también recibí una visita: en mi sueño tres niñas como tres parcas se acercaban y me sacaban los ojos con sus manos diminutas. Yo no sentía dolor físico, no reaccionaba, el sueño continuaba y de pronto estaba ciego y escuchaba sus voces. Cantaban y jugaban a mi alrededor. La oscuridad dejaba de ser amenazadora y comenzaba a ser amable. Me sentía inexplicablemente en paz, como si algo en ellas —o tal vez en mí— hubiese dejado por fin en suspenso la necesidad de resolver una cosa que me angustiaba. Por alguna razón me resultaba extraordinariamente placentero haberme librado de la necesidad de mirar y me recogía en el interior de aquel sueño como en una manta caliente y mullida. Pero entonces las niñas se acercaban a mí y me empezaban a acariciar la cabeza. Una caricia breve, infantil.

«Tienes que mirar», decían.

Entonces abría los ojos.

Tal vez no fuera tan casual que el asalto al supermercado Dakota se produjera después de las fiestas. Nunca como en Navidad y Año Nuevo se percibe que el mundo de los tristes no es igual que el de los alegres. En San Cristóbal no hay cabañas heladas, ni pavos trufados, ni Papás Noeles. El calor es más sofocante en diciembre: la estación húmeda es una larga meseta en la que se pasa indistintamente del diluvio al bochorno y de nuevo al diluvio. Las chapas de los tejados se recalientan y las casas se convierten en saunas. La temperatura y la humedad provocan que se retrasen los trámites en las oficinas y los servicios, la gente duerme poco y mal, y se pone de manifiesto la distancia que puede llegar a existir entre este lugar y la verdadera civilización. Solo el río Eré sigue circulando impasible, como una fábula con moraleja en suspenso.

El asalto al supermercado Dakota sucedió precisamente entonces, solo una semana después de las fiestas, el 7 de enero de 1995. La prensa del día 8 es contradictoria, pero aun así se puede componer un fresco aproximado con la suma de las noticias que se publicaron: un grupo de cuatro niños aparece en la puerta del supermercado a primera hora de la mañana, algo relativamente normal; entran, salen, piden comida, se marchan. Hasta ahí el 7 de enero no deja de ser, según la prensa, un día sin incidentes, pero los niños regresan al mediodía. Según el testimonio del gerente del Dakota, los niños jamás regresaban más tarde, y aquella vez no lo hicieron para seguir pidiendo: *se sentaron en el aparcamiento que queda frente al supermercado y se pusieron a jugar*. Algunos testigos aseguran que eran *un poco mayores, de unos doce o trece años*, otros que no jugaban, sino que *discutían*, y todas las apreciaciones acaban haciendo referencia antes o después, con perplejidad, a un mismo punto: la ausencia de un jefe, una realidad que ha quedado confirmada en todas las grabaciones, imágenes y documentos que conservamos de ellos.

A la una de la tarde tres niños entran en el establecimiento, tratan de robar unos refrescos y el guardia de seguridad los pilla in fraganti. Todavía hoy resulta sobrecogedora la brutalidad con que se despacha el guardia en las grabaciones de seguridad y la pasividad –por no decir el beneplácito– con que contemplan la escena las personas que se encuentran en ese momento en el supermercado. Nadie hace un solo gesto para impedir que el guardia siga abofeteando al niño, nadie balbucea el menor reproche. Con solo esa imagen de las cámaras y frente a un tribunal internacional de menores, se podría haber llevado a ese hombre a prisión con un juicio expeditivo, pero en el centro del supermercado Dakota, a plena luz del día y en presencia de más de quince adultos «respetables», el 7 de enero de 1995 aquel gesto no provocó la menor reacción. El gerente del Dakota se excusa ante la prensa con una frase memorable: *Puede parecer un poco sobredimensionado, pero los ánimos estaban muy calientes. Esos chicos venían todos los días.*

Un abogado habría contestado a esa frase con la «regla de cantidad mínima», una ley elemental que existe en todos los sistemas penales del mundo y que asegura que, ya que el delito se comete porque procura ciertos beneficios, para que el castigo que impone la sociedad produzca el efecto deseado en el criminal es necesario que el daño del castigo sea superior al beneficio que se ha obtenido en el delito. Para simplificar: si un ladrón roba dos gallinas, es necesario que pague tres. Se trata de una ley comprensible, pero catapulta la pena a un lugar imaginario porque funda la eficacia del castigo en su condición «desigual». Al hacer pagar al ladrón tres gallinas cuando ha robado dos, no se cree tanto en la justicia redistributiva ni en la reinserción del ladrón como en la inhibición que sentirán el resto de los ladrones ante el castigo que se ha infligido al primero. Llevando esa idea al extremo –y si se pudiera estar seguro de que el culpable es incapaz de reincidir–, ni siquiera haría falta castigar al ladrón, bastaría con aislarle y hacer creer a los demás que se le ha castigado. La fantasía de ese daño sería suficiente. Con el paso del tiempo he entendido que eso es exactamente lo que tendríamos que haber hecho con los 32: aislar a uno o dos e implantar luego en la comunidad resistente la fantasía de que habíamos castigado a esos desaparecidos hasta un punto intolerable. Puede que la imagen de un compañero retenido y castigado hubiese activado en ellos un sentimiento de indignación –o tal vez incluso un furioso deseo de rescate–, pero a la larga habría ejercido la misma acción que un tumor en un organismo joven: se habría ido alimentando precisamente de su energía.

Pero la violencia no se rige con patrones previsibles. Lo prueban las grabaciones de las cámaras de ese 7 de enero. A la escena del guardia no sigue inmediatamente la rebelión de los niños que se encuentran en el parking, sino un largo momento de calma. Según las imágenes (que incluyen al niño que había sido víctima de la agresión), vuelven a salir y se ponen a jugar como si no hubiese sucedido nada. En la grabación todavía se les ve durante media hora allí. Es un juego curioso, parecido a ese juego de persecuciones que suele llamarse «policías y ladrones» pero con una especie de rehén. Los chicos se distribuyen en dos equipos y persiguen a uno que se ha atado una camiseta en la cabeza. Un equipo protege al perseguido mientras el otro trata de atraparlo. Cada vez que lo consiguen se tiran riendo unos encima de otros y hacen una pequeña montaña sobre el chico o la chica que lleva la camiseta atada.

La cámara no abarca todo el parking y a ratos se los deja de ver, pero resulta evidente que cada vez hay más niños. Es como el sonido de una reverberación.

Lo que al principio reproduce los compases de la distensión se hace cada vez más dialéctico. El juego se acaba y se tumban todos bajo la sombra de un cartel de publicidad. Son veintitrés niños, el menor de todos no tiene más de diez años, el mayor debe de andar por los trece. Se observa cómo algunos discuten en grupos y también que esa discusión se va sobrecargando. Se puede apreciar el proceso en su lenguaje corporal: de pronto están casi todos de pie, con las manos apoyadas en las caderas, de puntillas y alzando la cabeza sobre los hombros para escuchar lo que dicen los demás. Unas niñas corren de grupo en grupo, no han parado de jugar. Le pegan una colleja a uno y se alejan corriendo entre risas. No hay ninguna autoridad, nadie parece organizar nada, y los grupos no reproducen los movimientos propios de un complot, no parecen estar acordando entre ellos una estrategia ni planeando un programa de asalto. Todo lo contrario, la anarquía de los movimientos se asemeja más a un juego.

¿Por qué siguen llegando niños entonces? ¿Cómo se han llamado unos a otros? A las 14.40 pueden contarse veintiocho en el parking del supermercado Dakota. Es quizá (excluyendo la siniestra imagen que tomó Gerardo Cenzana un año después de los 32 cadáveres en el pabellón de deportes) la «foto de grupo» más completa que habíamos conseguido hasta entonces. Las niñas componen un tercio del grupo, aunque a veces no resulta fácil distinguir con claridad el sexo de cada uno. Van vestidos todos de una manera muy semejante: con camisetas, vaqueros y pantalones cortos. Todos están sucios, pero en conjunto menos de lo que habría cabido suponer, lo que hace sospechar que el tópico sobre su falta de higiene debería ser revisado también.

Cuando entran en el supermercado son las 15.02 según el cronómetro de la cámara. El guardia de seguridad se interpone en la puerta, da un par de empujones a los primeros niños pero es inmediatamente avasallado por la turba infantil. El perro blanco que acompañaba siempre a uno de los grupos ladra a uno de los empleados y muerde al guardia. Los cuchillos aparecen casi al instante, algunos arrebatados de la propia sección de ferretería del supermercado, otros de la carnicería y la pescadería. Se ha dicho muchas veces que los niños asesinos componían un grupo reducido dentro de la comunidad, que los que cometieron los asesinatos fueron solo cinco o seis y que el resto mantuvo en todo momento una actitud infantil, una tesis que muy bien podría corroborarse con las imágenes de las cámaras de seguridad. El movimiento de caos y reagrupación, de desorden y orden, podría compararse con la estampida inicial y reagrupación posterior con que un grupo de niños cualesquiera habría reaccionado ante el anuncio de que pueden destrozar todo lo que se les antoje a su alrededor. Los propios niños parecen desconcertados por esa súbita libertad y se miran unos a otros. El primer arranque es de alegría. Frente a los lácteos, tres niños se dedican a poner cartones de leche en el suelo y a hacerlos estallar saltando encima, otro le vacía un paquete de harina a una niña en la cabeza y la niña se pone a llorar. Un niño solitario abre un paquete de cereales y se lo vacía en la boca abierta mientras otros dos tiran con palos de escoba las botellas de vino. Si todo hubiese quedado ahí, habría sido imposible no mirar esas imágenes sin sonreír, reproducen fielmente el sueño infantil por antonomasia: el levantamiento y la rebelión contra la organización de los adultos. Pero justo en ese instante la sonrisa queda congelada en el rostro. Comienza la carnicería.

Junto a Amadeo Roque, el director de la policía de San Cristóbal, el alcalde y Patricia Galindo, la jueza de familia encargada del Tribunal de Menores, clasificamos esa misma tarde las imágenes de las cámaras de seguridad en tres grupos: el grupo A lo componían las que bajo ningún concepto debían pasar al dominio público por su contenido criminal; el grupo B, las que no podían pasar al dominio público por motivos relacionados con la investigación policial previa al asalto (las del parking, fundamentalmente), y el C, las que iban a hacerse públicas por la presión a la que nos estaban sometiendo los medios.

Resulta difícil describir la naturaleza de las primeras. Por un lado parece un caos escolar, los gestos de violencia (acuchillamientos casi en su totalidad) son esquemáticos, las víctimas caen como si, más que haber sido acuchilladas de verdad, lo fingieran en una mala representación o se hubieran tropezado. Muchos de los niños se quedan agrupados en la puerta, otros comienzan incluso a llorar y algunos se inclinan sobre las propias víctimas manteniendo unos metros de distancia y como narcotizados por el efecto de lo que acaban de hacer. Sorprende la duración completa del asalto, su torpeza y lo disímiles que son las acciones simultáneas; durante esos casi diez minutos algunas personas entran, salen y vuelven a entrar como si no estuviera pasando nada; una mujer aprovecha la confusión para robar lo que parece un tinte de pelo cuando al otro lado de la estantería un niño de diez años le acaba de hundir un cuchillo en el estómago a un adulto. La tesis –para mí más verosímil– de que los niños no tenían una intención criminal antes de entrar, y que los asesinatos se produjeron por una especie de saturación de la euforia y la torpeza, se confirma sobre todo en esos dos elementos: la duración y la desorganización. Si el asalto hubiese sido planeado –incluso si hubiese estado *mal* planeado–, habría tenido un carácter más expeditivo, menos dudoso y, sobre todo, habría perseguido un fin claro.

Y del mismo modo que se activa la violencia, parece desactivarse. Durante cuatro minutos hay una impresionante quietud en todas las personas que se encuentran en el interior: los heridos se arrastran, los niños se reagrupan en la zona de la pescadería, algunos llevan todavía los cuchillos en las manos, otros siguen tirando cosas y hasta hay uno que se queda paralizado frente a una de las cámaras de seguridad, congelado, como un pequeño peón solitario tras una partida rápida de ajedrez. ¿Qué mira tan fijamente ese niño? Resulta tan imposible saber lo que de verdad sucede en ese lugar, respirar el verdadero oxígeno de ese recinto, que ni siquiera las personas que sobrevivieron a la tragedia pudieron resolverla más que con frases que van de la obviedad a lo incomprensible. *Fue una pesadilla, No se puede explicar lo que ocurrió...* Hay que recorrer muchas páginas de lugares comunes para encontrar dos declaraciones que contienen el áspero e indudable sabor de lo real; la de una mujer que jura que los niños tenían *caras de insecto* y la de uno de los cajeros del supermercado cuando declara: *Todos sabíamos perfectamente lo que teníamos que hacer.* De las dos declaraciones, la segunda me quitó el sueño durante meses.

No menos inexplicable es la resolución del asalto. En las grabaciones se comprueba que cuando ya están todos los niños agrupados en la zona de la pescadería, algo les hace salir corriendo en desbandada hacia la puerta. No se trata de una huida sin más, sino de una estampida. Como si algo les hubiese sacudido súbitamente en el interior, un terror insuperable.

A las 15.17 todo ha terminado ya. Hay una muchedumbre arremolinada alrededor del supermercado y los niños han desaparecido en la selva. El recuento: tres heridos por arma blanca y dos muertos, un hombre y una mujer. Pero sobre todo algo menos fácil de contar que las víctimas e infinitamente más palpable y seguro, un sentimiento parecido al espanto: la convicción de que aquello no era más que el primer paso de un proceso irreversible.

La atención de quien tiene miedo es como la atención del enamorado. Tal vez parezca un descubrimiento menor, pero cuando lo hice en los días que sucedieron al asalto, me dio la sensación de que se unían en él dos continentes irreconciliables. Solía sentarme en el corredor de mi casa para ayudar a mi hija a hacer sus deberes y me quedaba mirando el seto por el que habían asomado la cabeza los tres niños la tarde del concierto. Me resultaba extraño que, sin recordar bien sus rostros, la sensación que habían producido en mí siguiera siendo tan precisa: creía percibir su estatura, su proporción y hasta su peso. Luego miraba el rostro de mi hija y esa sensación se repetía: se inclinaba sobre su cuaderno y yo espiaba el blanco de sus ojos y el bonito contraste que hacía con su piel oscura, la frente redonda y la caída de las mejillas, su pelo rebelde y grueso.

No es de extrañar –afirmó Víctor Cobán en una columna de *El Imparcial* del 15 de enero de 1995–

que miremos a nuestros hijos de otro modo, como si nos hubiésemos vuelto enemigos. Y no le faltaba razón. Se había generado un terreno compartido entre la desesperación con que nos habíamos volcado en la búsqueda de aquellos niños y el desvelo que de pronto habíamos comenzado a sentir por los nuestros; el sentimiento que comenzaba en unos terminaba necesariamente en los otros, como si uno no fuese más que la versión negativa del otro.

Durante aquellos primeros días se produjeron tres reacciones contradictorias pero también complementarias: el escándalo, el deseo de revancha y la piedad. La pasión por la desgracia ajena se reavivó al calor del asalto al supermercado. Esa misma piedad disfrazada de generosidad y aparentes buenos sentimientos que tanta gente había demostrado por los niños cuando se limitaban a pedir en la calle se convirtió primero en escándalo y luego en rencor. Las familias de las víctimas acamparon delante del ayuntamiento pidiendo cabezas (la mía entre ellas) y forzaron una delirante reunión del pleno en la que se acordó algo que podría haberse llamado simple y llanamente «cacería» pero que, como se trataba de niños, decidimos denominar «rastreo».

Creíamos tener tan localizado su campamento en la selva que no nos importó perder unas horas para asegurarnos de que al entrar íbamos a ser capaces de atrapar al mayor número posible. Al fin y al cabo –pensamos, como si no nos hubiésemos equivocado ya bastante–, no eran más que niños, no podían haber ido muy lejos. Nuestra intención era entrar de una sola vez en un golpe de autoridad y traerlos de vuelta para someterlos a un juicio de menores, pero el episodio tuvo tal repercusión nacional que las cosas se complicaron inesperadamente. Las imágenes de las cámaras eran tan inquietantes que se multiplicaron en todas las cadenas televisivas del país. La ciudad se convirtió en un gallinero de periodistas, las versiones y declaraciones de los ciudadanos a la policía empezaron a ser contradictorias, la gente aseguraba haber visto a los niños esa misma tarde y al día siguiente, junto a sus casas, asomados a sus ventanas en plena noche, husmeando en sus cubos de basura en la oscuridad. Las calles se llenaron de cámaras y reporteros, y un misterioso afán de protagonismo se adueñó de muchos testigos reales y los llevó a hacer declaraciones tan fantasiosas que de no haber muerto dos personas el día anterior, se habrían convertido directamente en cómicas. Tal vez lo eran. Muchos años después de los altercados, Maia me comentó una vez que en San Cristóbal nunca dejamos de reír, ni siquiera cuando sucedieron los episodios más dramáticos, y cuando lo dijo me sorprendió descubrir lo cierto que era y la poca cuenta que me había dado. Hasta en los días más dramáticos –y tal vez precisamente más en ellos– podía recordar siempre algún momento en el que me había reído. No se trataba solo de que intentáramos aliviarnos con algún chiste nervioso, sino de un descubrimiento en apariencia improbable y sin embargo lógico: el de que no es posible contemplar ininterrumpidamente los ecos de un crimen sin que algo nos haga esbozar una sonrisa antes o después. Pero que nos despacháramos de cuando en cuando con una carcajada no significa que no estuviésemos hasta el cuello. La inútil maquinaria de la burocracia interna había caído sobre nosotros como una red untada en pegamento, el Ministerio del Interior nos pedía explicaciones de cada decisión, y como la incompetencia del gabinete del ministro Balmes era difícil de superar, ni siquiera pudimos aprobar la partida para que comenzara el rastreo lo antes posible.

A primera hora del día 11 de enero una comitiva de cincuenta agentes comenzó una batida por la orilla este del Eré. A los niños no se los había vuelto a ver por la ciudad, por eso dábamos por descontado que no podían encontrarse en otra parte. Amadeo Roque, el jefe de la policía municipal, organizó la búsqueda con una estrategia envolvente, de tal modo que cuando se divisara al grupo, el cordón policial comenzaría a rodearlos hasta achicar el cerco. Pero la comitiva se adentró siete kilómetros en la espesura sin encontrar más rastro que dos campamentos abandonados, algunas prendas de ropa, restos de comida y algunos juguetes. A las quince horas de búsqueda a uno de los policías le picó una serpiente coral y hubo que llevarlo de vuelta por el río. Cuando la comitiva regresó sin los niños y con un agente con la lengua más hinchada que una esponja empezó a cundir el desánimo.

La selva había engullido a los niños de San Cristóbal, los había hecho desaparecer. *Si yo estuviera con ellos* –escribe en su diario la enamoradiza Teresa Ota-

79

ño el 17 de enero—, *subiría con el «gato» a los árboles, nunca conseguirían encontrarnos*. Ya fuera en los árboles o en las profundidades del río, el misterio de dónde se metieron los niños durante aquellos casi cuatro meses sigue sin resolverse. Hoy podemos determinar con relativa seguridad algunos de sus movimientos y hacer un mapa parcial de las zonas en las que estuvieron escondidos, considerando las breves apariciones que hicieron en una granja de colonos en el interior y en dos de las reducciones ñeê, pero saber eso tampoco soluciona gran cosa. De igual modo, se nos escapa la naturaleza de esos encuentros. A los niños y a esos grupos los unía también el común resentimiento hacia San Cristóbal, por lo que no es improbable que su contacto fuese más amistoso de lo que reconocieron más tarde. Pero, amistosos o no, los encuentros tampoco pudieron ser muchos o nos habríamos acabado enterando.

La lógica humana tiene una forma particular de discurrir, y algunas imágenes no parecen hechas a su medida. «No puede ser, es demasiado absurdo», decimos a veces. Pero el hecho de que ciertas cosas sean demasiado absurdas no impide que sucedan. La desaparición en la selva de los niños de San Cristóbal fue una de esas cosas, y lo primero que provocó aquella imagen absurda fue dejarnos a solas con nuestra ensoñación. Algo nos había golpeado y luego había desaparecido. A la semana siguiente no solo dudábamos de nuestros sentidos, sino de la misma realidad. Pensábamos que en cualquier momento se abrirían las hojas de un arbusto y veríamos de nuevo sus rostros infantiles y que cuando aquello sucediese todo volvería a la normalidad. Pero los niños no aparecían, las batidas de la policía regresaban a diario ocultando su frustración, y cada vez que mirábamos hacia la selva nos parecía que aquella masa se había vuelto en nuestra contra para defender a los niños. Si no era una fábula moral, había que reconocer que se le parecía bastante.

Hace muchos años, leyendo un libro poco memorable, me crucé con una imagen que cambió por completo mi idea de la realidad. El autor describía a un personaje que mira el mar y de pronto comprende que la palabra «mar» no se ha correspondido nunca en su imaginación con el verdadero mar, que siempre que ha dicho «mar» en realidad estaba pensando únicamente en esa ridícula superficie verdeazulada y cubierta de espuma y nunca en lo que verdaderamente *es* el mar: una abismal masa repleta de peces, corrientes secretas y —sobre todo— oscuridad. El mar es el verdadero reino de las tinieblas. El día en que desaparecieron los niños, los ciudadanos de San Cristóbal sentimos con respecto a la selva algo parecido. De pronto nos pareció haber confundido el exterior con la sustancia. En su huida hacia el secreto de ese interior, los niños nos habían llevado con ellos como en un batiscafo. Puede que hubiésemos dejado de verlos, pero estábamos más cerca que nunca, en el interior de su mirada, en el centro de su miedo.

Dos meses es mucho tiempo, y lo que sucedió en ellos sigue siendo un misterio para nosotros. Quien considere inverosímil que los niños sobrevivieran sin ayuda en un entorno tan hostil basta con que haga un repaso de los niños salvajes de la Historia, desde los niños lobo hessianos del siglo XIV o el niño Bamberg que se crió entre ganado a finales del siglo XVI, hasta sus míticos patriarcas infantiles amamantados por la loba capitolina, Rómulo y Remo. Todos esos centenares de niños que han sobrevivido protegidos por la naturaleza o por los animales se alzan como la prueba humana más indudable. En 1923 se encontró en la India a dos niñas de seis y cuatro años –Amala y Kamala– que habían sido criadas por lobos en una región de Calcuta; a mediados del siglo XX Vicente Cuacua fue criado en el sur de Chile por unos pumas, la niña ucraniana Oxana Malaya fue criada en la misma década de los noventa por unos perros, y una comunidad de monos verdes acogió a John Ssabunnya en Uganda. La menor investigación prueba la existencia de muchos casos semejantes, cuando no más asombrosos. Ahí, en esa pérdida de gravedad y sencillez con que el niño y el animal se reconocen, comienza el diálogo que seguramente tuvieron los 32 con la selva, un diálogo al que no hace falta añadir que no fuimos invitados.

Nos fascina lo que nos excluye, pero la fascinación no es garantía de que se produzca bajo su sombra un pensamiento lógico. Los mayores disparates que se han pensado y publicado sobre los 32 son precisamente las especulaciones sobre lo que hicieron durante esos meses. No es casual: empezamos proyectando nuestras cualidades allí donde solo hay un blanco de sentido y acabamos creyendo que los tigres se enamoran, Dios es un celoso vengador y los árboles tienen nostalgia. El hombre ha humanizado sistemáticamente aquello que no podía comprender, desde los planetas hasta los átomos.

Sobre ese gran blanco de sentido de lo que sucedió en la selva deberíamos acostumbrarnos a pensar más con la humildad del científico que con la arrogancia del opinador. ¿Por qué no contemplar la posibilidad –por remota y fantasiosa que parezca– de que la naturaleza estaba preparando en aquellos niños un tipo de civilización nueva y ajena a esta que defendemos con una pasión tan inexplicable? Las veces que he tenido ese pensamiento me he transportado mentalmente a aquellos meses, a la forma en que todo debió de cambiar para aquellos niños en el interior de la selva: la luz, el tiempo, quién sabe si el amor.

Casi parece una historia diseñada por la misma mente que hace miles de años entretuvo todas las noches al sultán para aplazar un día más su ejecución: una comunidad infantil encerrada en el corazón de la selva, abandonada a su suerte, tratando de inventar el mundo bajo una bóveda de hojas que apenas permite el paso de la luz. El verde de la selva es el verdadero color de la muerte. No el blanco ni el negro. El verde que todo lo devora, la gran masa sedienta, abigarrada, asfixiante y poderosa en la que los débiles sostienen a los fuertes, los grandes quitan la luz a los pequeños y solo lo microscópico o lo diminuto consigue hacer tambalear a los gigantes. En esa selva sobrevivieron los 32 como una comunidad que demostró una resistencia atávica. Cierto día que hice una excursión por una de las chacras del interior, puse por casualidad la mano en un árbol en el que había una comunidad de termitas y tuve que retirarla al instante. Cientos de millones de termitas devoraban el interior de aquel árbol de quince metros, produciendo un calor más fuerte que el de una calefacción. Los niños tuvieron un sentido de la comunidad como el de aquellos insectos: eran huéspedes, pero también parásitos; parecían débiles, pero eran capaces de borrar el trabajo paciente de siglos. No pretendo caer en el mismo error que acabo de juzgar, pero casi juraría que la comunidad de los niños había abolido también el amor. O cierto tipo de amor. El nuestro.

Hoy sabemos por el cadáver de una de las niñas, una chica de trece años, que estaba embarazada. Tuvo que haber, por tanto, relaciones entre ellos, también entre los más pequeños. Aquellos meses en la selva debieron de ser determinantes en ese sentido. ¿Y cómo se empieza el amor desde cero? ¿Cómo se ama en un mundo sin referencias? El célebre adagio de La Rochefoucauld de que hay gente que nunca se habría enamorado si no hubiese oído hablar del amor tiene, en el caso de los 32, un peso específico. ¿Gruñían, se daban la mano, se acariciaban en la oscuridad? ¿Cómo eran sus declaraciones de amor, sus miradas de deseo, dónde terminaba la herrumbre y dónde comenzaba lo nuevo? Igual que hicieron brotar una lengua nueva de la lengua española, tal vez partieron de nuestros gestos consabidos del amor para hacer de ellos otra cosa.

84

A ratos me gusta creer que vimos esos gestos sin comprenderlos, que cuando estaban en la ciudad se cruzaron delante de nuestra mirada esos brotes de humanidad. Algo había nacido a nuestras expensas y también en nuestra contra. La infancia es más poderosa que la ficción.

Durante aquel primer mes la policía estuvo repitiendo semanalmente las batidas en la selva, aunque con un entusiasmo cada vez menor. Había muchos problemas en San Cristóbal, y no nos podíamos permitir tener a un tercio de la policía local buscando a un puñado de niños por mucho que hubiesen asesinado a dos personas en el asalto a un supermercado. Solo en el extrarradio de la ciudad –y durante todo aquel año–, se producía un homicidio a la semana, y los márgenes de la selva eran el escenario habitual de agresiones y tráfico de drogas. Por si fuera poco, el episodio del supermercado generó un recrudecimiento de la violencia. Ese fin de semana hubo dos atracos más, uno en una gasolinera y otro en el banco más importante de la ciudad. Nuestra policía local no daba abasto. Y la selva era lo más parecido que podía imaginarse a una cárcel de árboles; los niños estaban allí, no iban a irse a ningún sitio, lo más probable era que acabaran regresando cuando enfermaran o el hambre fuera demasiado apremiante. Ellos no eran el dilema. El dilema había comenzado de pronto en un lugar imprevisible: nuestros propios hijos.

A partir del asalto muchos padres empezaron a advertir algo extraño en sus hijos. El cuerpo emana sus sentimientos, solo hay que estar lo bastante cerca para percibirlos, pero no siempre es fácil saber a qué se deben los cambios de humor de los niños: una mirada que se produjo el viernes –convenientemente cocinada en una imaginación infantil– puede producir una crisis una semana más tarde. Los silencios prolongados, las faltas de apetito, el retraimiento ante costumbres que habían producido alegría... pueden responder a algo perfectamente banal o a cosas muy serias, y esa ambivalencia suele generar en todos los padres un estado de alerta constante que solo se entiende cuando se tiene un hijo.

Si no hubiese existido el diario de Teresa Otaño puede que hubiésemos acabado olvidando aquel breve periodo de inquietud, pero los textos nos persiguen también; como las fotografías, poseen la insistencia rugosa y grave de los testimonios. Tras el asalto al supermercado, Teresa Otaño hace referencia en su diario a Franziska, una de esas leyendas en las que se mezclan la tradición ñeê y los cuentos populares de los inmigrantes europeos que acabaron en esta región tras la Segunda Guerra Mundial. La antropología local parece coincidir en que la leyenda de Franziska es una síntesis del mito de la Bicú, una anciana que roba los hijos de las otras madres porque ella no puede tenerlos, y Franziska, una leyenda bávara con ciertas similitudes con la historia de Aladino.

La leyenda que se cuenta en San Cristóbal es una mezcla de las dos: Franziska nace en una casa muy humilde junto al río Eré, todos la quieren mucho y tiene el pelo de un hermoso color rubio. Tras algunas peripecias sin importancia, se sabe cuál es el don de Franziska, aunque de forma indirecta. A muchos kilómetros vive un mago que persigue un tesoro desde hace años y descubre a través de un conjuro que hay una niña que tiene el secreto para encontrar el árbol bajo el que está enterrado. Lo más interesante del cuento sucede precisamente en ese punto, en la forma que elige el mago para encontrar a Franziska: pone el oído en el suelo y distingue, de entre todos los sonidos del mundo, el sonido de los pasos de la niña cuando regresa a su casa a través de la selva. Recuerdo que a principios de los noventa había una cuentacuentos muy célebre en San Cristóbal, Margarita Matud, que relataba ese instante con mucha eficacia y dejaba a todos los niños con la boca abierta. Se levantaba en el escenario disfrazada de mago y con gran aparato ponía el oído sobre la tarima: comenzaba a oírse entonces una grabación en la que se alternaban coches, conversaciones en varios idiomas, taladradoras, metros, trenes, pasos apresurados y lentos, hasta que al fin se distinguía con nitidez la voz de una niña que regresaba a su casa... ¿No es acaso la mejor representación del enamoramiento que se pueda imaginar? La fijación del mago por la niña hace que el resto de los sonidos del mundo se vuelvan banales.

En algún momento, casi como en un juego, nuestros hijos comenzaron a poner el oído en tierra para oír a los 32. Un gesto sencillo amparado en una historia que conocían bien, la de Franziska. Si el mago había oído desde el otro lado del mundo el sonido de los pasos de Franziska, ¿por qué no podían oír ellos las voces y los pasos de aquellos niños que no estaban a más de unos kilómetros de distancia? Cada vez que salíamos de la habitación, cada vez que se quedaban solos en el jardín, entre clase y clase o en sus cuartos, se agachaban con el corazón en la boca y ponían el oído en tierra, competían para ver quién era el primero que oía a esos otros niños.

Una de aquellas tardes entré de golpe en el cuarto de baño y me encontré a mi hija con la oreja pegada al suelo bajo el lavabo. Como no tenía ni idea de qué hacía allí, le pregunté si se le había caído algo.

–Nada –respondió enrojeciendo al instante, y su vergüenza me hizo enrojecer a mí. Cada vez que me pasaba algo parecido me daba la sensación de que había crecido en una décima de segundo y frente a mi propia mirada. Tenía solo once años, pero de pronto le apuntaban bajo la camisa unos pechos vergonzantes, las caderas se le habían redondeado un poco. Cada vez se parecía menos a Maia. También su carácter había empezado a cambiar. Ya no quería que la acompañara al colegio y se había vuelto un poco más esquiva, aunque con cierta tendencia a enrojecer por cualquier cosa.

–¿Quieres que te ayude?

–¡No! –gritó, y salió corriendo apartándome de un golpe.

Años más tarde todos los adultos encontramos en el diario de Teresa Otaño un asomo de explicación a aquellos gestos. Está recogida en las entradas de principios de marzo de 1995, cuando los niños llevan aproximadamente dos meses desaparecidos. Así lo relata Teresa:

Primero hay que pensar en ellos. Mucho. Intentar imaginar que sus caras están muy cerca de tu cara y casi puedes oler su aliento. Todo con los ojos cerrados. Luego hay que pensar en las cosas que ellos piensan y hablar como ellos hablan. En tus pensamientos. Y si hablas como ellos en tus pensamientos es más fácil que te entiendan, porque ellos están haciendo lo mismo que tú pero en otro lugar. Y también hay que pensar que tú no eres tú, porque ya has salido un poco de tu cuerpo y estás por encima, volando en el aire. Eso es fácil. Hay gente que dice que hay palabras mágicas pero es mentira. Lo único que hay que hacer es pensar con fuerza. Eso antes. Y luego estar sola, porque ellos están solos también y saben muchas más cosas que nosotros.

La primera vez que leí el comienzo de lo que se conoce hoy como «la invocación a los 32» sentí que se me helaba la sangre. Por un instante me pareció que asistía a un ritual creado por una niña de doce años y pensé en el miedo que debió de sentir mi hija cuando me la encontré aquella tarde en el cuarto de baño. Suele comentarse la seguridad del texto, ese tono de «manual de instrucciones», pero yo diría que la intensidad proviene más bien de lo que ha dejado atrás: la lógica de los adultos, ese mundo que ya no sirve. ¿Cómo habrían podido explicarnos nuestros hijos lo que estaban haciendo? No estábamos preparados ni para su mundo ni para su lógica. Ahí afuera, bajo el suelo, estaba ese ruido discordante enviado en clave: ahí abajo, el desorden.

Si abres los ojos sin querer hay que cerrarlos y empezar todo otra vez porque, si no, no funciona. Luego das tres vueltas hasta que sientes que te mareas y te agachas y pones la oreja en el suelo, quitándote el pelo primero. Es un poco raro al principio pero luego te acostumbras. Primero se oyen ruidos diferentes. Son los ruidos de la tierra. Los ruidos de las hormigas y los bichos. Los ruidos de las plantas cuando crecen y de la gente cuando habla y respira y de los coches que pasan y del río que pasa y de todas las personas que caminan. Entonces tú empiezas a pensar en algo rojo. No es difícil porque los ojos están llenos de sangre y si pones la cara hacia la luz con los ojos cerrados ves la sangre que está dentro de tus ojos. Luego el rojo es cada vez más rojo y tú lo piensas.

No hay nada como ver a un niño abandonado a su propio miedo para entender lo fatal que puede llegar a ser la inclinación de la mente hacia aquello que puede destruirla. Allí donde el adulto sabe que las cosas seguirán existiendo al margen de que él se haga cargo de ellas, al niño le parece que dejarán de existir si no las sostiene con su pensamiento. Teresa Otaño cree sin llegar a decirlo que la existencia del «gato» depende de su pensamiento, de ahí la impotencia y la necesidad de «hacer trampa» a través de la invocación. Le angustia la posibilidad de que su memoria se desdibuje y deje de ser capaz de reproducir los rasgos de su enamorado, su perfil, el sonido de su voz. Quiere convertirse en él para sostenerlo en el mundo. Hay un pequeño excurso en ese punto de la «invocación». Durante un par de párrafos Teresa vuelve a hablar del «gato», dice que ojalá regresen los niños y comenta una excursión que ha planeado su padre al río ese mismo fin de semana, dice que «espera verlos». Un segundo después la invocación se dispara hacia un lugar enloquecido.

Y el rojo es muy rojo. Más rojo que la tierra, rojo como la lava de un volcán muy brillante. Y los sonidos luchan con el rojo y todo lucha porque oyes los bichos y oyes la calle y de pronto hay como un silencio en medio del rojo y ahí aparecen los niños que están en la selva, viviendo en los árboles. Entonces tienes que pensar como ellos y pensar como ellos es lo más difícil que hay. Porque tú estás aquí y ellos no. El rojo es lo que sirve para acercarte hasta allí, como un coche, pero sin sonido. Y entonces piensas en todas las cosas que tú tienes y ellos no, y en las cosas que tú haces y ellos no pueden hacer. Porque ellos no tienen casa. Ni comida. Ni cama. Y como no tienen esas cosas duermen con los ojos abiertos para no tener miedo. Y entran en ti. Y tú eres ellos.

En un contexto en el que la mitad de los niños de San Cristóbal ponían la oreja en el suelo con la esperanza de oír a los «niños de la selva» y la prensa comenzaba a bombardearnos a diario con artículos de psicoterapeutas sobre miedos infantiles, la aparición de los niños Zapata se produjo sobre terreno abonado. La primera persona que habló de «telepatía» fue Víctor Cobán en una crónica de *El Imparcial* del 7 de febrero de 1995. Hace referencia a un reportaje aparecido dos días antes en la televisión local, en el que habían aparecido por primera vez los hermanos Zapata, cuatro hermanos –tres niños y una niña– de entre cinco y nueve años nacidos en el barrio Candel, que aseguraban «pintar» lo que los 32 les *decían* en sueños.

Hemos empezado a creer que nuestros niños pueden comunicarse con los niños de la selva, que pueden hablar con ellos, tener sueños compartidos y hasta visiones conjuntas. Muchas personas hasta ahora razonables se pre-

guntan qué será lo siguiente. Una pregunta que tal vez no esté del todo bien formulada. Cuando una sociedad comienza a dudar de todo, la pregunta que hay que hacerse no es: ¿existe la telepatía?, sino: ¿en qué lugar estamos heridos?

Pero seguramente ni Víctor Cobán ni ninguno de nosotros habríamos sido capaces de responder a esa pregunta, por eso preferíamos preguntarnos sencillamente por la telepatía. La credulidad para la magia funciona como el amor, los que se creen devotos y enamorados acaban estándolo sinceramente, y los que dudan de sus sentimientos impiden que esos mismos sentimientos se produzcan, una paradoja que nos deja siempre a solas con la duda de en qué nos habríamos convertido si nos hubiésemos permitido creer. Por un lado, los dibujos de los hermanos Zapata no hacían más que confirmar todos los lugares comunes que habrían podido imaginarse sobre los 32 sin saber nada de ellos: grandes bocas abiertas dentro de las cuales había otras bocas abiertas, niños con estómagos hinchados o dormitando bajo un árbol, sangre y plantas selváticas..., por otro, incluían una perspectiva nueva, tan extraña como verosímil: cosas que parecían símbolos, palabras sin sentido aparente que ni siquiera los propios Zapata sabían descifrar pero que aseguraban haber oído en sueños, triángulos superpuestos, círculos y soles con pequeños planetas a su alrededor... Puede que los niños Zapata no se caracterizaran por sus dotes artísticas, pero eso no significaba que no fueran convincentes. Los dibujos eran un cóctel particular compuesto por una parte de fan-

94

tasía infantil, una de miedo siniestro y otra de expectativa invocada. Lo que hacía que resultara difícil mirarlos no era que fueran una cosa o la otra, sino que fueran las tres simultáneamente.

Se ha dicho muchas veces que si hubiesen sido un poco más pobres o un poco más guapos, si hubiesen tenido «demasiada gracia» o hubiesen sido más elocuentes, tal vez nadie habría creído en ellos, pero los Zapata tenían un don extraordinario: el de la normalidad. Eran una concentración de todo lo plausible. Hijos de un matrimonio compuesto por una maestra de secundaria y un empleado de banca, parecían cuatro duendes de cuento. Amables y bien educados, los tres niños y la niña respondían a las preguntas de los periodistas con una sequedad particular y unos enormes ojos asombrados, perfectos para la foto. Uno de ellos ceceaba. El mayor iba dando pie a cada uno de sus hermanos como un perfecto maestro de ceremonias. Y la pequeña no paraba de sonreír. Todos tenían el labio superior ligeramente montado sobre el inferior, lo que les daba un aire de familia avícola. Ya antes del reportaje se habían granjeado cierta fama en el barrio, y algunas de las familias de los alrededores habían comenzado a visitar la casa como si se tratara de un lugar de peregrinación, pero hasta su aparición en el programa de Maite Muñiz el asunto no adquirió una verdadera dimensión pública.

El reportaje de Telesiete se emitió el 5 de febrero de 1995 en el famoso programa *En casa de Maite*. Maite Muñiz, presentadora y celebridad local, era una mujer de unos cincuenta años teñida de rubio que encarnaba simultáneamente lo mejor y lo peor de San Cristóbal: era sentimental y popular, pero de una frivolidad agresiva. Igual que en todas las familias hay individuos a los que se aplaude y celebra por los mismos motivos por los que se defenestra a otros, en una ciudad relativamente conservadora como la nuestra la fama de Maite Muñiz no dejaba de tener algo de excepción que confirmaba la regla. Los tres exmaridos, los problemas con el fisco, los comentarios racistas hechos «sin malicia» quedaban perdonados en su caso por una cuestión de verdadera simpatía y por su incuestionable influencia sobre la opinión popular. Muchas veces nuestros peores defectos son consecuencia directa de nuestras mejores virtudes. La «frescura» y naturalidad de Muñiz encajaban mal con la organización elemental de un programa diario que tenía que preparar sus contenidos con una previsión mínima. Maite tenía una confianza en sí misma que superaba con mucho sus dotes para la improvisación en directo, y más de una vez acabó provocando cortes y hasta agravios personales, algunos de ellos muy célebres, como la vez que confundió el nombre de un niño con el de su enfermedad, o cuando llamó «cariño» al embajador de la Santa Sede durante su visita a la región. Puede que ciertas cosas se le perdonaran a Muñiz como a una familiar un tanto descocada, pero no por eso dejaba de ser una gran dama de la televisión.

La aparición de los niños Zapata en *En casa de Maite* fue inesperada y ni siquiera había sido programada en el guión, pero la caída de uno de los contenidos llevó a uno de los becarios a proponer el tema.

Cuatro horas más tarde ya estaban haciendo una conexión improvisada desde la casa familiar. Al principio se ve la casa, el patio, la forma un tanto naíf en que los padres han colocado los dibujos de los niños sobre un aparador, en una especie de pequeño altarcito improvisado. Luego salen los niños, a los que Maite va entrevistando uno a uno desde el estudio con preguntas sencillas y maternales. Los niños a veces se quitan la palabra unos a otros y otras terminan las frases de sus hermanos como si se tratara de un asunto acordado. *Nos dicen cosas con la mente,* dice la pequeña. *Por la noche,* dice el hermano ceceador. Un guionista experto no habría podido diseñarlo con más eficacia.

—¿Y qué os dicen?

—Nos dicen que tienen hambre —afirma inesperadamente el mayor de los Zapata.

La pequeña es la más conmovedora de los cuatro. Da constantemente la mano a su hermano mayor y es la única de los cuatro que parece tener un poco de picardía. De cuando en cuando se da la vuelta hacia sus hermanos y se ríe por lo bajo para luego volverse de nuevo hacia las cámaras con una seriedad teatral.

Un cuarto de hora más tarde, y completamente fuera de guión, Maite Muñiz improvisa un célebre monólogo en el que asegura que ella *cree* en esos niños, que los niños Zapata son un puente, una conexión para ayudarnos a «enmendar nuestros errores», que debemos reaccionar...

Se ha hecho tanta mofa de ese programa que la gente se resiste a reconocer que aquel día nos conmovió a todos. No se trataba solo de las palabras más o menos almibaradas de Muñiz (le haría un flaco favor reproduciéndolas aquí), sino de algo que todos habíamos estado sintiendo en nuestro interior y a lo que de alguna forma nos habíamos resistido. Algo todavía sin nombre o con un nombre impronunciable. De pronto aquel programa de televisión nos habilitó a «sentirlo». Puede parecer un poco ridículo contado de este modo, pero es de una precisión científica: Maite Muñiz fue el canal a través del cual se manifestó nuestro deseo de que aquellos niños volvieran. Yo lo vi al día siguiente, en la reposición que se hizo del programa entero. Había estado todo el día oyendo los comentarios de la gente que lo había visto y cuando llegué a casa no perdí ocasión de encender la televisión. Conseguí mantenerme más o menos tranquilo durante la mayor parte de la emisión, pero no me asombró que se me nublara la vista cuando el mayor de los Zapata dijo: «Nos dicen que tienen hambre.» Me di la vuelta. La niña estaba en el sofá, con la cabeza apoyada en las piernas de Maia. No nos atrevíamos a mirarnos. Estábamos conmovidos los tres.

Se ha comentado también muchas veces que el mundo natural de la superstición de San Cristóbal hizo el resto, pero la gente ajena a la ciudad no se hace cargo de hasta qué punto fue así, ni hasta dónde constituye la magia blanca un auténtico poder fáctico en toda la región. Un año antes de los altercados, el departamento de Asuntos Sociales del ayuntamiento hizo un estudio estadístico sobre magia blanca con unos resultados apabullantes: cuatro de cada diez personas de entre veinte y sesenta años afirmaron haber recurrido a ella al menos una vez en el plazo de los últimos doce meses: amarres, adivinación, runas, males de ojo... El mal de ojo es, por encima de todos, el miedo por antonomasia del sancristobalino, lo que describe muy bien su carácter. Muchas veces basta que la gente perciba en la calle una mirada sostenida más de unos segundos para que se le congele el cuerpo de miedo.

Pocas horas más tarde de la emisión de *En casa de Maite* ya había decenas de curiosos en casa de los Zapata. De un modo involuntario Muñiz había formulado algo que estaba en nuestras conciencias: *¡No son más que niños!* Niños a los que nosotros habíamos hecho huir con nuestra animadversión, a los que habíamos tratado como a delincuentes, a los que habíamos acorralado y de cuya muerte muy bien podíamos ser responsables en aquel mismo momento. *¡Niños elegidos!* Bajo sus cuatro dedos de frivolidad había pronunciado la palabra mágica, pero esa palabra mágica no solo había generado la concienciación, sino también un poderoso efecto de llamada a todas las brujas en cien kilómetros a la redonda.

Durante la semana siguiente la casa de los Zapata se convirtió en un auténtico hervidero. Todos querían un pequeño bocado de la tarta. Todos querían ver los dibujos, tocar a los niños, hablar con los padres. Cada vez que aparecían los cuatro, lo hacían de una forma más compacta, como si ya no pudieran avanzar ni un palmo sin tocarse. Los niños Zapata estaban asustados, y sus padres más todavía. En una de aquellas ocasiones abrieron la puerta para mostrar a los niños por aclamación, y la gente que estaba apostada frente a la casa se abalanzó con tanta fuerza que estuvieron a punto de aplastarlos. Comenzaron a llevarles a los enfermos. Desde el ayuntamiento tuvimos que asegurar un cordón policial para proteger la vivienda, una casa humilde en la que por supuesto no había objetos de valor, pero, lejos de garantizar la seguridad de la familia, reforzamos todo lo contrario: la desquiciada suposición de que realmente escondía algo. Los niños ni siquiera podían asistir a la escuela, y los padres tuvieron que pedir permisos y permanecer atrincherados en su hogar durante casi una semana.

En dos ocasiones el padre sale a la puerta para pedir respeto y privacidad para su familia. *No hemos hecho daño a nadie,* dice de una manera un tanto absurda, y luego regresa, medio acobardado pero con una dignidad teatral, como si quisiera congelar a cada uno de esos periodistas con la mirada. *No saben lo que están haciendo,* afirma.

El octavo día se produce una avalancha en tromba hacia el interior. Quince personas entran por la ventana a las dos de la madrugada y roban los dibujos de los niños. Una mujer llega a cortarle con unas tijeras un mechón de pelo a uno de los hermanos, seguramente para algún amarre, y en la huida algún desalmado (que seguramente conocía bien el escondite) roba unos ahorros que al parecer la familia guardaba en una caja en el dormitorio de los niños. En el telediario local de la mañana se muestran los destrozos de la incursión. El padre va mostrando una tras otra las habitaciones arrasadas y dice que han mandado a los niños a la casa de unos familiares por seguridad. Dos horas más tarde es la madre la que convoca a la prensa en la puerta de su casa. Con una dignidad muy distinta a la del padre, y como si le resultara lo más normal, la mujer se sube a una pequeña banqueta para que no la avasallen. Tiene la respiración agitada, pero el tono de una maestra que trata de apaciguar a una gente a la que antes era incapaz de tomar en serio y a la que ahora tiene miedo.

Pide silencio.

No habla durante unos segundos, hasta que los periodistas se callan por fin y solo se oye el ruido de las chicharras.

Luego deja caer la bomba.

Es todo mentira, dice, *espero que lo entiendan, son cosas de niños.*

La pérdida de la confianza se parece al desamor. Los dos delatan una herida interna, los dos nos hacen sentirnos más viejos de lo que somos. Tras la revelación de la mentira de los hermanos Zapata, San Cristóbal se convirtió en un lugar tenso para vivir, un lugar en el que nuestros hijos seguían posando el oído en tierra con la fe de que escucharían los mensajes que les mandaban los 32 y en el que nosotros habíamos comenzado a sospechar de lo indudable por antonomasia: su inocencia. Es cierto que habríamos sido incapaces de enunciarlo con esas palabras. Solo se puede describir con precisión lo que se ha dejado de sentir, aquello para lo que ya hemos encontrado un límite. La lucha por narrar los sentimientos que aún tenemos es quizá la más conmovedora e inútil de todas. Tal vez por eso ni siquiera hoy, veinte años más tarde, resulta fácil comunicar esa pérdida.

Puede que los episodios que se habían producido durante aquellos últimos meses nos hubiesen hecho perder la fe en esa religión de la infancia, pero los niños no lo tenían mucho más fácil que nosotros, y desde luego no despertaban a un mundo menos hostil. Para los niños el mundo es un museo en el que los celadores adultos puede que sean amorosos la mayor parte del tiempo, pero no por eso dejan de imponer las reglas: todo es macizo, todo ha existido desde siempre y antes que ellos. A cambio del amor están obligados a sostener el mito de su inocencia. No solo tienen que ser inocentes, tienen que representarlo.

El caso de los Zapata supuso la expulsión de los niños de nuestra religión oficial. Teníamos que castigar a alguien, y como no habríamos podido castigar a nuestros hijos, decidimos castigar a los 32. No solo habían renunciado a representar para nosotros el mito del paraíso perdido, sino que habían empezado a infectar a nuestros niños. Eran la oveja negra, el golpe viscoso que acaba corrompiendo la fruta. Tal vez a mucha gente le resulte inverosímil un cambio de actitud tan brusco: les emplazo a que pasen una tarde en la hemeroteca comprobando el cambio de tono que se manifestó en la prensa tras la declaración de la madre de los Zapata.

Y no solo en la prensa.

Según el acta de plenos del ayuntamiento de San Cristóbal y en el tercer punto de ruegos y peticiones del 13 de febrero de 1995, la diputada Isabel Plante propuso por primera vez una revisión de la edad penal en el distrito. El anteproyecto de ley –diseñado casi específicamente para el caso de los 32– pretendía abolir la disposición de la ley general del menor en la que se decía que, en el caso de delitos menores o de colaboración en delitos de primer grado, cualquier individuo menor de trece años quedaba eximido de pena de cárcel a cambio de una tutela vigilada por una comisión civil. Según la señora Plante, el caso de los entonces llamados «niños de la selva» era tan extraordinario que requería una legislación particular. Proponía penas de reclusión en centros especializados para los niños menores de trece años que hubiesen participado en el asalto al supermercado Dakota y no tuviesen tutores conocidos, y de prisión reglada para los mayores de esa edad en el centro penitenciario de la provincia. En el caso de que no se aprobara por mayoría absoluta (como habría sido necesario para que se cursara el anteproyecto), y sabiendo además que el simple proceso burocrático ya iba a llevar al menos tres o cuatro meses, la señora Plante apelaba a la urgencia de las circunstancias y proponía crear de manera provisional un «Patronato de Rehabilitación» para reformar a esa infancia delincuente que tantos daños había causado ya a la comunidad de San Cristóbal y que ahora estaba «rearmándose» (la palabra es literal) en la selva para atacar de nuevo.

Lo más inquietante de todo no fue que una diputada conservadora propusiera un anteproyecto de ley que suponía un atropello a los derechos más elementales del menor, sino que la propuesta fuera refrendada por el setenta por ciento de la reunión sin el menor pestañeo. Como dijo muchos años después la concejala liberal Margarita Schneider refiriéndose a aquellos días: *Era insoportablemente extraño... pero era soportable.* Habíamos aprendido a hacer cosas con la mano derecha sin que lo supiera la mano izquierda, y al hacerlo no solo nos habíamos dado cuenta de que no nos resultaba tan difícil, sino de algo aún más temible: que no nos sentíamos tan mal al fin y al cabo.

Pero nuestros hijos seguían en su ensoñación. Con nuestro evidente cambio de actitud, lejos de disuadirlos habíamos conseguido todo lo contrario: confirmarles en su admiración secreta. Los 32 se habían convertido en su lugar privado, en la habitación en la que habían decidido no dejarnos entrar. No me refiero a los más pequeños, ellos tenían al fin tanto miedo como nosotros, sino a los de su misma edad, a los niños y niñas de entre nueve y trece años. Algo había desdoblado la infancia.

En *La vigilancia*, el ya citado ensayo sobre los altercados de la profesora García Rivelles, se hace una apreciación interesante: *El dilema de la supuesta influencia de los 32 sobre los niños de San Cristóbal se produjo de una manera invertida a la que habitualmente habría producido cualquier «mala influencia» tradicional. Los 32 ejercían su dominio desde un no-lugar. Los padres no podían decir a sus hijos que no se comportaran como unos niños a los que no veían, que no estaban en las calles y a los que, para ser justos, nadie sabía a esas alturas si seguían viviendo. Al no estar en ningún lugar concreto, los 32 habían conseguido lo impensable: estar en todas partes. Y ante la advertencia elemental de que no se comportaran como los otros niños la respuesta igualmente básica habría sido: ¿qué niños?*

Así era. Al haber perdido su «realidad», los 32 se habían convertido en el monstruo perfecto, pero en un monstruo que ejercía su acción más sobre las pesadillas de los adultos que sobre las de los propios niños. Los 32 eran el vacío inexpugnable en el que se podía proyectar tanto lo fascinante como lo temible, la pantalla perfecta. Y sigue García Rivelles:

Los niños de San Cristóbal entendieron de manera intuitiva que la fantasía era la virtud de los 32. ¿Diremos que se trata de una inteligencia que despierta o que adopta una idea que el otro le ofrece? Como se quiera. En mi opinión se trata de un auténtico despertar. El poder que tenían los 32 en la fantasía de los niños de San Cristóbal era algo así como un privilegio supremo y la fuente de sus derechos futuros.

O por decirlo de otro modo: «vuestra libertad es la garantía de nuestra libertad futura». Los niños estaban libres justo en el preciso lugar en el que nosotros estábamos heridos, en la desconfianza. Cuando llegara el momento nuestros hijos se encargarían de retomar el papel de los 32 sin restarle nada, era cuestión de tiempo, ellos eran sus legatarios. Lo asombroso era la forma en que ese trato había quedado consentido de manera pasiva: los niños de San Cristóbal parecían asumir las muertes perpetradas por los 32 mediante un brusco intercambio de papeles. Y de nuevo García Rivelles, esta vez con un tono casi nietzscheano:

Te he hecho, me has hecho, estamos en paz. O tal vez no. Es mi sangre la que corre por tu cuchillo.

No creo que haya habido muchas personas que se hayan atrevido a pensar los altercados de San Cris-

106

tóbal con una libertad tan grande como la que demuestra García Rivelles en ese ensayo. Se muestra capaz de algo casi imposible: desembarazarse de todos los lugares comunes relacionados con la infancia para pensar lo que sucedió allí bajo una luz que solo proviene de los acontecimientos. Pero para descubrir un lugar común es necesario antes haberlo padecido y para superarlo es necesario haberlo empleado. El mundo de la infancia nos aplastaba con sus ideas preconcebidas, por eso buena parte de la irritación que sintió la gente ante los 32 no tuvo tanto que ver con si era o no natural que unos niños hubiesen perpetrado un acto violento como con la furia que les provocaba que esos mismos niños no les hubiesen confirmado su almibarado estereotipo de la infancia.

Fuera como fuere, lo peor estaba por llegar. Tal vez lo más irónico de todo es que en el fondo de nuestro corazón no habíamos dejado de sospecharlo ni un instante.

Las narraciones y crónicas son como los mapas. De un lado quedan los colores grandes y sólidos de los continentes, esos episodios colectivos que todos recuerdan, del otro las profundidades de las emociones privadas, los océanos. Sucedió un domingo por la tarde, dos o tres semanas después de aquel pleno en el que se creó el «Patronato de Rehabilitación». Maia y la niña estaban en la casa. Hacía mucho calor, pero la estación húmeda ya nos había acostumbrado el cuerpo. Estábamos hinchados y nos movíamos de un modo extrañamente rítmico, con los músculos flojos y la conciencia aturdida. El ruido de las chicharras era ensordecedor, y como había llovido a primera hora de la mañana la humedad se había convertido en bochorno. Habíamos hecho una pasta casera para comer y la tarde nos había encontrado adormilados, con esa melancolía que da la comida los domingos.

Cuando sonó el timbre estuve a punto de no ir, pero me acabé levantando. Maia y la niña dormían.

Abrí la puerta de la calle y vi a un hombre mestizo de
mi edad, elegantemente vestido, apuesto a pesar de su
pequeñez. Respondía al canon de belleza masculina
local: lampiño, con la barbilla afilada. Preguntó por
mí con un marcado acento de San Cristóbal y yo le
dije que me tenía delante.

–Soy el padre de Maia –dijo.

Tardé tanto tiempo en reaccionar que añadió:

–El padre de la niña.

No se trataba solo de lo inesperado de la declaración sino de la situación misma. Los rasgos que yo
amaba de la niña, exactamente esos mismos rasgos,
tenían en él una condición neutral: la nariz pequeña,
la boca como una mancha marrón, los ojos densos. Y
al mismo tiempo que aquellos rasgos flotaban disper-
sos yo sentía una especie de envidia por ellos, como si
no pudiese evitar desearlos para mí. Hice la pregunta
más absurda que pueda imaginarse:

–¿Quiere dinero?

El hombre me miró extrañado, pero con esa pasividad tan propia de la gente de San Cristóbal que les
hace parecer sabios cuando en realidad solo son cau-
telosos.

–Quería hablar con usted.

Salí de la casa y cerré la puerta, caminamos doscientos metros hasta el paseo del río bajo aquel sol in-
fernal sin hablarnos. Me urgía tanto alejarle de la casa
que ni siquiera me paré a pensar en lo ridícula que era
la situación. Le miré de reojo un par de veces y vi
cómo caminaba a mi lado. Cuando conocí a Maia le
había preguntado muchas veces por el padre de la

niña, pero ella siempre me había contestado con evasivas. Después de que yo insistiera hasta el hartazgo, me había dicho que para ella no existía, que ni siquiera sabía dónde estaba y que quería que yo fuese el padre de la niña. Durante nuestro primer año de casados la presencia fantasmagórica de aquel hombre me había hecho sufrir en silencio, pero al final acabé rindiéndome a la evidencia de que había desaparecido por completo. ¿Qué hacía allí de pronto? Llevaba unos pantalones blancos de lino y una camisa de manga corta abierta casi hasta el esternón. Me pareció mundano y resuelto, un poco extravagante, pero con la extravagancia que puede permitirse el comerciante, no el hombre acomodado. Cuando nos detuvimos junto al río y volví a mirarle entendí que a Maia le hubiese atraído aquel hombre. Tenía una tranquilidad de madera. No pude evitar imaginarlos juntos.

—Siento haberle molestado —dijo con un tono sumiso, y como yo no respondí, continuó—: Usted se encarga de los niños.

—¿Se refiere a los niños de la selva? —La situación era tan desconcertante que ni siquiera era capaz de atender al significado más básico de las palabras.

—Uno de ellos es hijo mío.

No era la primera vez que sucedía algo así. Las imágenes que habían aparecido en la prensa tras el asalto al supermercado Dakota había provocado que muchas familias con hijos desaparecidos desde hacía tiempo creyeran identificar en aquellas fotografías el rostro de su hijo o de su hija, algo casi imposible. La desesperación natural les llevaba a creer cuando ya no había

110

ninguna razón lógica para creer. Yo mismo había atendido a alguna de aquellas familias y había recogido la documentación que nos traían; muchos llevaban años desaparecidos y bastaba un cálculo elemental de edad para darse cuenta de que era imposible que pudiera coincidir con la de aquellos niños.

Pero aquel hombre era distinto. Aquel hombre era como yo. Peor aún: era extraño, anónimo y al mismo tiempo absurdamente familiar. La cara de la niña estaba contenida en la suya, y Maia había dormido con él, tal vez hasta le había querido. Se llevó la mano al bolsillo y sacó una cartera de cuero. Me tendió una fotografía de un niño de doce años tan parecido a la niña que me sobrecogió.

–Se llama Antonio –dijo, como si con eso quedara todo resuelto–. Usted sabe dónde están, ¿verdad?

–No, no lo sé, no lo sabe nadie.

Me miró con desconfianza.

–Sé que está con ellos.

La situación se volvió intolerable de un segundo a otro: el calor, los celos, la familiaridad con que me trataba. Me sentí acorralado y furioso. Ya me estaba dando media vuelta para marcharme cuando hizo algo imprevisto, me agarró del cuello de la camisa y con la mirada encendida me dijo:

–Tiene que encontrarlo, ¿me oye?

Toda mi vida he sido un hombre tranquilo, pero en las contadas ocasiones en que he probado la violencia –como en aquel instante–, se ha manifestado siempre como una súbita temperatura en el cráneo. De pronto las palabras suenan de una manera distinta, los pensamientos se vuelven emociones, se deja de saber lo que nos ha llevado hasta allí, es como una sensación de desarraigo. Le pegué un empujón tan violento que estuve a punto de tirarle de espaldas. Yo estaba furioso, pero él estaba desesperado. Volvió a abalanzarse sobre mí, y como no sabía lo que quería le di un puñetazo nervioso en la parte superior de la oreja izquierda. Fue como golpear el lomo de un caballo y sentir bajo los nudillos la rotundidad del hueso de un animal. Ni siquiera gimió, se irguió de nuevo y con una humildad que no pude entender entonces (pero sí entiendo ahora: la obligada humildad de la desesperación) me metió en el bolsillo de la camisa la fotografía de su hijo. Mientras trataba de recuperar el aliento, y todavía con la cabeza obnubilada, nos quedamos callados unos instantes, sin saber qué hacer. Él se pasó la mano por la oreja y se la llevó a los ojos para ver si sangraba, yo me apoyé en la barandilla del paseo y miré a mi alrededor con miedo de que alguien nos hubiera visto. No había absolutamente nadie. Las toneladas de agua del Eré hacían un ruido sordo al desplazarse. Sentí vergüenza de haberle pegado. Tenía unos ojos sencillos, una nariz sencilla, una boca y una barbilla sencillas. Era el padre de la niña. De pronto supe que no tenía nada que temer. La desesperación de aquel hombre se parecía a la presencia del río, a la energía que generaba esa masa descomunal que transportaba millones de toneladas de agua y arena. Había cruzado un límite impuesto. Intuí –supe– que Maia y él habían hablado en algún momento desde nuestra llegada a la ciudad y que Maia le había prohibido acercarse a nuestra casa. Intuí –supe– que, a pesar de que tal vez le habría gustado ver a la niña, debía de haber rehecho su vida, y evidentemente había tenido otros hijos, aquel Antonio entre ellos. Quise pedirle disculpas pero no fui capaz y di un paso hacia él. No se movió.

–Vamos a encontrarlos a todos –dije, tratando de recordar su nombre y dándome cuenta de que en realidad no lo sabía. Él debió de intuirlo porque dijo:

–Antonio.

Regresé a casa despacio. No sabía si me había despedido o no de Antonio. Recordaba que había intentado devolverle la fotografía y que él había vuelto a metérmela en el bolsillo de la camisa, recordaba que para dejar de mirarle retiré la vista hacia una de esas grandes hojas a las que suelen llamar orejas de elefante y que me pareció sentir la conciencia muelle y carnosa de lo vegetal, esa selva que se adentraba en la ciudad una y otra vez, como si esperara la menor ocasión para recuperar su terreno. Cuando llegué a casa Maia seguía dormida. Parecía más pequeña que antes, tan pequeña como cuando la conocí en Estepí. Me tumbé a su lado y ella abrió los ojos al sentir mi peso sobre el colchón.

–Estás sudando –dijo–. ¿Dónde estabas?

–Dando un paseo.

No preguntó más. Extendió el dedo índice y me secó una gota de sudor con la punta del dedo. Por primera vez pensé que tal vez había hecho ese gesto con Antonio. Ese mismo gesto exacto. Y cuántos otros. Me pareció triste no poder crear gestos nuevos para

113

cada persona que amamos, tener que arrastrar siempre los mismos gestos monótonos.

Temí que descubriera la foto del niño en el bolsillo de mi camisa y me la quité sin dejar de mirarla. Ella malinterpretó el gesto y se quitó la suya. Yo continué con el equívoco y me desnudé por completo. Ella también. A pesar de los años tenía un aspecto juvenil; los pechos pequeños, el cuerpo casi sin caderas, como el de un muchacho. Cuando estaba desnuda daba la sensación de que podía mirar desde cualquier parte de su cuerpo. Le solía palpitar el estómago.

Entré en ella con una especie de rigor, besándola en el cuello para evitar que me mirara. Sentía en mí algo perverso: como si lo que me excitara fuese precisamente saber que había hablado con Antonio a mis espaldas. Nos conocíamos bien, sabíamos buscarnos y estábamos familiarizados con las esquinas del otro. Era evidente que queríamos ser rápidos y expeditivos. Y lo fuimos. Pero también sentí en ella una desesperación menos habitual: en mitad de aquel baile familiar se abrazó con fuerza y por un instante me pareció que temblaba. Luego apoyó la barbilla en mi hombro y me susurró que me quería.

Al terminar nos quedamos con la mirada clavada en el ventilador de techo. Parecía que teníamos que hablar de muchas cosas y a la vez de ninguna en absoluto. Tal vez una de las mayores sorpresas del matrimonio sea precisamente la de esa formalidad inevitable, incluso cuando uno conoce el cuerpo y los hábitos del otro mejor que los propios. La luz entraba por las rendijas de la persiana y dibujaba una curva bajo su nariz, una especie de sonrisa. Volvió a maravillarme el rostro hermético de mi mujer.

–¿Te arrepientes de haberte casado conmigo? –pregunté.

Nunca le había hecho una pregunta ni remotamente parecida. Era una de esas preguntas defectuosas, nacidas del simple egoísmo o la inseguridad. Siempre había conseguido evitarlas, que por algún motivo no fui capaz aquella vez. Estaba herido.

–Eres mi amor.

–Eso no responde a la pregunta –insistí yo.

Ella sonrió. Una sonrisa seca, como un escozor, un gesto involuntario.

–Por supuesto que la responde –dijo.

Pienso en aquellas semanas y lo único que veo es la cara de ese niño. Todavía hoy conservo la fotografía, pero por alguna razón la imagen parece distinta a la del recuerdo. Es aquella (no esta: un niño común con el ceño fruncido) la que me viene a la memoria cuando cierro los ojos. El rostro es un óvalo redondo, como el de la niña. Los rasgos son también parecidos, pero en él tienen un aire más audaz, como si en la niña aún permaneciera velado lo que en ese rostro había adoptado ya el aire de la preadolescencia.

Cuando lo busqué en las grabaciones de las cámaras de seguridad del supermercado Dakota lo vi al instante. Era un poco más bajo que los demás pero tenía un corte de pelo muy característico, con el flequillo a media frente, recto como un tazón. Solo podía ser él. Era de los primeros que entraba y también uno de los niños asesinos. En un momento dado se acercaba con una tranquilidad pasmosa hasta Feni Martínez (una de las víctimas) y le hundía tres veces un cuchillo de trinchar en el estómago. Luego se quedaba inmóvil mirándola mientras ella se desplomaba y se desangraba en el suelo. A diferencia del otro asesinato que se produjo en el asalto, el del niño Antonio Lara no se parece a un juego, tiene un horror que no se evapora. Es casi ceremonioso, estudiado. Se queda de pie mirando a su víctima durante unos segundos y a continuación se agacha para observarla de cerca o tal vez para decirle algo. Durante el último segundo los dos se calibran con la mirada. El niño extiende la mano sin tocarla. Produce una sensación siniestra, ese gesto. Algo retorcido y a la vez perfectamente infantil.

La imagen de Antonio lo ocupa todo en el recuerdo de esas semanas. La imagen física, la imagen mental, como si una se alimentara de la otra a través de un canal interno y fuera engordando cada día un poco más. No podía mirar a la niña sin verlo a él, flotando sobre cada uno de los gestos de ella. Me parecía que en cualquier momento la sangre acabaría llamando a la sangre y ella pondría el oído en el suelo o cerraría los ojos y oiría la voz en sueños, como los hermanos Zapata. Puede que los Zapata no mintieran. Puede que todo fuera cierto al fin y al cabo y hubiese un gran flujo de sueños y pensamientos desde la selva hasta nuestras casas.

Cuando me quedaba a solas en mi despacho del ayuntamiento, sacaba la fotografía de aquel chico y la ponía junto a la de Maia y la niña. Se producía entonces un efecto extravagante, una naturalidad cargada de estática entre los tres. Al regresar a casa buscaba a la niña con más desesperación de lo normal y ella

117

me esquivaba. Me resultaba doloroso, pero al instante me decía que estaba a punto de convertirse en una señorita y que esa retracción era normal a su edad. Lo entendía, pero por algún motivo todo me generaba inquietud. Veía señales en todas partes, en la niña, en las calles, en la temperatura, hasta en los gestos positivos; en la amabilidad de Maia, en la belleza del río, en el silencio hueco cada vez que dejaban de cantar las chicharras, en la selva.

Maia ensayaba entonces el *Concierto de violín* de Sibelius, tal vez una de las piezas más hermosas que la oí interpretar en la vida. Confiaba en conseguir una plaza como primer violín en una orquesta local, pero la ambición le podía demasiado y aquella pieza superaba un poco sus posibilidades, era demasiado rigurosa, las frases de la melodía eran tan precisas que un pequeño error desbarataba el sentido completo. Yo la veía empeñarse una y otra vez en aquella pieza que casi nadie iba a entender y me parecía que la frase entera de aquella partitura le crecía bajo la piel. La melodía de Sibelius era igual que las venas, sencilla y firme como una cascada de presiones, de gestos diminutos.

Fue entonces cuando empezó a suceder. Cuando empezaron a desaparecer los niños. Nuestros niños. Al principio nadie podía creerlo, los casos parecían aislados y sin relación. Se esperaba que aparecieran antes o después, que la policía llamara desde una gasolinera con los críos tomados de la mano o que alguien los encontrara frente a alguna casa y lo notificara al ayuntamiento, pero las horas seguían transcurriendo de una manera angustiante. Habríamos preferido un secuestrador. Un asesino incluso. Cualquier tipo de terror que nos resultara familiar. El primer caso ocurrió el 6 de marzo: Alejandro Míguez, de nueve años, hijo de un cardiólogo y una empleada de correos; el segundo dos días después, Martina Castro, hija de dos funcionarios del servicio de limpieza del ayuntamiento; el tercero Pablo Flores, de once años, hijo de un joven padre viudo, economista de *El Imparcial* de San Cristóbal.

Desaparecieron entre el 6 y el 10 de marzo de 1995. Casi produce irritación mirar hoy la prensa local de entonces. Se habla de la desaparición de los niños y junto a las fotografías se despliegan noticias sobre las mafias infantiles o los índices de secuestros exprés. Ese silencio sobre los 32 es el termómetro perfecto de hasta qué punto no queríamos decir lo que no nos atrevíamos a pensar. Hasta el propio Víctor Cobán parece desconcertado y escribe un artículo lleno de obviedades sobre los peligros de la libertad con que nuestros hijos iban solos por aquel entonces, como si el único problema fuese que no les diéramos la mano al cruzar la calle o que jugaran sin vigilancia en los parques que quedaban frente a nuestras casas.

¿Qué tiene que pasar para que tres niños de clase media perfectamente educados y sin grandes problemas familiares, alguno de ellos hasta de naturaleza asustadiza si creemos en el testimonio de sus propias familias, se escapen un día de sus casas por la ventana o por debajo de los setos de sus jardines para unirse a una pequeña jauría infantil recluida en la selva? Incluso dando por descontado que hubiésemos descubierto cómo hicieron para ponerse en contacto con ellos, ¿qué les llevó a salir, qué electricidad saltó de unos a otros? Ni siquiera los niños que no consiguieron unirse y a los que se pilló in fraganti con un pie en la ventana a punto de huir fueron capaces de explicarlo muy bien. Cuando se les interrogaba se ponían a llorar, ofuscados, como si la violencia de la pregunta fuera mayor que la que les había llevado a intentar escapar. Decían que querían ir con sus «amigos», pero cuando se les preguntaba qué amigos, describían lugares y situaciones en los que habría sido imposible que nadie se les acercara.

Se han comentado también en muchos lugares los episodios que se produjeron aquellos días, las grabaciones de las cámaras de algunos comercios y casas privadas en las que aparecen niños en horarios siempre nocturnos. Es cierto que se verificaron varios robos de alimentos durante aquella semana y que todo parece indicar que fueron ellos, pero de las imágenes que incluye Valeria Danas en su tendencioso documental *Los chicos* solo hay una que de verdad pertenece a esa semana: una grabación casera hecha por un padre asustado, en la que se ve saltar la valla de una casa a un grupo de cuatro niños de unos doce años y hablar con otro que se asoma a la ventana. La escena tiene la rugosidad de lo nocturno: de un lado se ve el grupo de niños con las naricillas alzadas hacia la ventana, agolpados unos sobre otros como si fueran una criatura única, del otro se ve al niño seducido, en la soledad del rey.

Siempre que veo esa imagen trato de recordar las estrategias de la seducción infantil tal y como las vi en la niña cuando la acompañaba los primeros años al parque en Estepí; la fórmula siempre burda, el acercarse y el retraerse, el riesgo de la exposición y la belleza del triunfo sobre la voluntad ajena, la sensación tan difícil de comunicar pero tan fácil de reconocer de que se ha conseguido la atención del otro. La dialéctica de la seducción entre los niños es mucho más instintiva que la de los adultos, tiene otra temperatura, otra lógica y, desde luego, otra violencia.

En esa imagen nocturna se ve cómo el niño asomado a la ventana deja de sentir miedo poco a poco. Hay una serie de expresiones faciales encadenadas que lo confirman y luego un gesto algo tonto que parece una sonrisa, como si el grupo de niños hubiese dado en el clavo de algo divertido y convincente. El niño de la ventana desaparece y regresa a los pocos minutos con unas latas, pero ahí no acaba la conversación. Se inclina y les toca el pelo, primero a uno y después a otro que se alza por encima de todos y resulta ser una niña. Una hermosa niña con el pelo estropajoso, una leona en miniatura. Puede que haya visto esa escena más de veinte veces y en situaciones muy distintas, pero solo muy recientemente me ha llamado la atención que se crucen tan pocas palabras. Lo poco que hablan esos niños. La seducción muda. Me gustaría que viviera mi mujer para preguntarle por qué me sobrecoge tanto algo tan sencillo.

Hasta el 10 de marzo la ciudad se limitó a hacer con respecto a las desapariciones lo mismo que había hecho hasta entonces cada vez que se había visto acorralada: aguantar hasta que el problema se agostara.

121

Pero sucedió lo contrario. El 10 de marzo apareció en la portada de *El Imparcial* una convocatoria firmada por Pablo Flores –padre de uno de los niños desaparecidos– en la que conminaba a toda la población a un encuentro en la plaza Casado a las ocho de esa misma tarde. En la convocatoria (que había conseguido publicar en la sección local gracias a su condición de columnista del periódico) pretendía levantar en armas a toda la población *frente a la imperdonable negligencia de la policía y su inutilidad para encontrar a nuestros hijos*. El artículo de Pablo Flores tenía la carga eléctrica de los manifiestos. Comenzaba con una interpelación directa en segunda persona a todos los habitantes de San Cristóbal: *Mira a tu hijo, a tu hija...*, y luego nombraba por fin el innombrable máximo: *desde el asalto al supermercado Dakota en esta ciudad se tiene miedo hasta de pronunciar la palabra niño*. Flores atacaba el corazón de la cuestión como un técnico: *cada minuto que pasa, cada segundo, es un poco más difícil encontrar a mi hijo*. Para acabar con un doliente: *Ayúdame*.

Todavía hoy resulta difícil saber cuáles eran exactamente las expectativas de Pablo Flores cuando realizó aquella convocatoria de plaza Casado. Lo más probable (como en el caso de Antonio Lara cuando me agarró del cuello frente al paseo del río una semana antes) es que fuera la sencilla desesperación de un padre angustiado, pero Flores superaba con mucho el perfil natural de un incendiario. De cuarenta y tres años, economista de profesión y viudo desde hacía solo uno, había regresado a San Cristóbal después de una década trabajando en la capital y respondía a un patrón poco común, el del profesional altamente cualificado. Evidentemente las cosas no le habían ido bien; a los pocos meses de su regreso un infarto fulminante había puesto fin a la vida de su mujer y un año más tarde, cuando comenzaba a recuperarse, su hijo había desaparecido sin dejar el menor rastro.

El mismo día de la convocatoria publicada en *El Imparcial* –y viendo hasta qué punto la situación estaba al borde del descontrol–, el alcalde Juan Manuel Sosa nos reunió en un gabinete de crisis y sugirió la posibilidad de prohibir aquella convocatoria de la que «podía esperarse de todo». El alcalde tenía miedo –y no sin razón– de convertirse no solo en el responsable político de lo sucedido desde el asalto al Dakota, sino en el blanco perfecto de la ira de la gente. Vista con perspectiva, aquella reunión habría podido convertirse en un máster de política provincial: de un lado un alcalde populista y acostumbrado a la cacicada, de otro una comitiva de funcionarios elegidos a dedo y por último una situación de ira insostenible.

El principal defecto de Juan Manuel Sosa, al igual que de la mayoría de los políticos de provincia, no era la malicia sino la absoluta falta de imaginación. Para un hombre como él, Pablo Flores era la perfecta antimateria: todavía joven, talentoso y con conciencia de clase. No solo era su enemigo natural, sino que no le retiraba la mirada y amenazaba con una piedra mortífera: la negligencia con que se había tratado aquella crisis de los niños. Alguien sugirió que, lejos de impedir la convocatoria de la plaza Casado, tratara de participar en ella institucionalmente para no señalarse como «el enemigo oficial». La situación era tan desesperada y los padres estaban tan deseosos de encontrar a sus hijos que el peligro político de la situación se desactivaría en el mismo instante en que la gente viera gestos de disculpa y señales evidentes.

Y, contra todo pronóstico, a las ocho de esa misma tarde y frente a una multitud enfurecida, Sosa se subió al estrado en el que supuestamente iban a hablar los que pretendían defenestrarle. Yo mismo no lo habría podido imaginar nunca. Salió, supongo, el político que llevaba dentro. Puede que realmente pensara que todo se iba a arreglar con un par de sonoros abrazos y unas fotos besando niños, pero a nadie se le ocurrió darle un abrazo y allí no había ningún niño al que besar. Los silbidos eran tan fuertes que se le crispó la sonrisa nada más subir al estrado. Alguien amagó lanzar una botella y por un instante se pudo ver el miedo en su rostro, pero recuperó la compostura enseguida. No es menos cierto que entre las más de cuatrocientas personas que estaban allí había también treinta policías de civil formando un cordón humano para impedir que lo lincharan.

Yo asistí al acto desde el fondo de la plaza. A la gente parecía mantenerla unida una energía que también la irritaba, por eso casi me parece un milagro que la violencia no empezara antes. El discurso del alcalde fue tan ridículo que enfureció a la gente más todavía; lejos de mostrar que la policía de la ciudad ya estaba buscando a los niños, se exculpó de una manera penosa y aseguró que a partir de aquel momento

124

iba a tomar personalmente cartas en el asunto (dando a entender precisamente lo contrario: que no lo había hecho hasta entonces).

Fue en ese momento cuando Pablo Flores subió al estrado y gritó: *¡Tenemos que encontrar a nuestros hijos!*, y se produjo un rugido en la plaza Casado que aún me sobrecoge al recordarlo. Considerando el carácter pacífico, cuando no directamente pasmado, de la mayoría de las personas que estaban allí, parece imposible que la reacción fuera tan súbita. En las imágenes que rodó Valeria Danas la secuencia se interrumpe poco después del aullido de aprobación, pero en la vida real duró cinco largos minutos. Cinco minutos de aplausos y gritos. Fue como si la duración cambiara la naturaleza de la misma explosión: al principio era aprobación, luego ya no se sabía qué era. Amenaza, ira. El alcalde salió a toda prisa del escenario. Pensé que estábamos en peligro. Todos los que estábamos allí, en peligro. El propio Pablo Flores tenía algo de histérico, con aquellos ojos enrojecidos de desesperación y seguramente de falta de sueño después de tres días de búsqueda infructuosa. No hay nada más peligroso que la locura de los hombres naturalmente cuerdos. A diferencia de lo que ocurre con los violentos, en los cuerdos tiene un carácter desamparado y radical. Si alguien le hubiese puesto a Pablo Flores a su hijo delante es posible que ni siquiera lo hubiera visto, la ofuscación ya le había nublado demasiado la mirada.

No pudo decir mucho más. En una de las esquinas de la plaza, la que estaba más cerca del escenario, comenzó una pelea. Se cortó el sonido del micro.

Durante unos instantes pareció que el asunto iba a sofocarse, pero de pronto se convirtió en una auténtica batalla campal. Más de treinta personas se vieron de pronto envueltas en una pelea provocada seguramente por los policías de incógnito que protegían al alcalde. El destacamento de la policía que estaba preparado para un posible altercado en los márgenes de la plaza intervino al instante y provocó que la situación se volviera irrecuperable.

A quince metros de donde me encontraba vi el cuello perfectamente reconocible de Antonio Lara y traté de acercarme a él, pero enseguida le perdí de vista. Salí de allí como pude y me dirigí al ayuntamiento. Media hora más tarde supe que la pelea se había resuelto con doce heridos, ninguno de ellos grave, y tres detenidos, entre ellos Pablo Flores. Supe también otra cosa: que, durante toda esa algarada y en esa misma noche, habían desaparecido tres niños más, dos niños y una niña, los tres aprovechando el revuelo de la plaza Casado.

El amor y el miedo tienen algo en común, ambos son estados en los que permitimos que nos engañen y nos guíen, confiamos a alguien la dirección de nuestra credibilidad y, sobre todo, de nuestro destino. Me he preguntado muchas veces cómo se habría gestionado esa misma crisis de los 32 solo diez o quince años más tarde de cuando sucedió realmente. El salto entre aquel enero de 1995 y un enero de 2005/2010 habría sido ya irrecuperable. La verdad, el espectáculo superficial de la verdad, las redes sociales y unos teléfonos móviles capaces de convertir a una anciana de noventa años en reportera no existían en ese tan cercano –y ya lejanísimo– 1995. El simple enunciado de la frase «Esto es real» se ha modificado más en las dos últimas décadas que en los dos últimos siglos, y el paseo del río Eré en el que hoy se dejan ver los sancristobalinos y se fotografían al atardecer es el mismo lugar y a la vez en absoluto el mismo lugar. Lo ha cambiado algo más misterioso que el paso del tiempo: la suspensión de nuestra credibilidad. ¿De verdad sucedieron todas aquellas cosas? Los más jóvenes oyen el relato como si se tratara de una fábula mítica, y nosotros, que lo vimos con nuestros propios ojos, no parecemos mucho más convencidos que ellos. Las imágenes, al fin, tampoco sirven para tanto. Haber visto los cadáveres de los 32 tendidos sobre el paseo no ha añadido gran cosa.

Ahora sé que aquella noche de la convocatoria de la plaza Casado dejé de ser en parte la persona que había sido toda mi vida. Regresé al ayuntamiento todo lo despacio que pude, con el cuerpo aún removido y tratando de elaborar un plan. Me invadió una extraña determinación y cuando llegué fui directamente hasta el despacho de Juan Manuel Sosa. Estaba reunido con Amadeo Roque y me hizo esperar más de un cuarto de hora. Sentado en la antesala del despacho, aquella determinación se cristalizó de forma distante.

Me hicieron pasar. La secretaria cerró la puerta. La sala estaba muy cargada. Era la primera vez que me encontraba a solas con Juan Manuel Sosa en su despacho. Me pareció percibir su desconcierto y esa sensación de inminencia que genera siempre alguien con miedo. Solo entonces me di cuenta de que estaba enfurecido por la humillación de los silbidos en la plaza Casado. Por alguna razón que se me escapa estaba convencido de que yo había sido uno de los promotores de esa idea. Me preguntó quién me había creído que era. Por un momento pensé que se iba a levantar para abalanzarse sobre mí, pero se limitó a agarrar los reposabrazos de su silla con una delicadeza extraña.

Más inverosímil me pareció mi propia reacción: le pregunté con frialdad qué se había imaginado él que iba a pasar. Le dije que no tenía amigos y que en aquel ayuntamiento nadie le hablaba con claridad. Mientras le decía esas palabras me preguntaba a mí mismo qué me llevaba a adoptar aquella actitud tan suicida, una pregunta que todavía hoy me sigue resultando un misterio. Me daba cuenta de que muchas de las cosas que estaba a punto de hacer eran reprochables y hasta punibles, pero me felicitaba por haber encontrado una solución rápida que servía a todos: evitaba un levantamiento social y nos otorgaba una posición holgada para acabar con aquella crisis.

Le conté mi plan: intervenir la prensa con una versión oficial que redujera las posibilidades de un «levantamiento» al día siguiente, sacar inmediatamente de la celda a Pablo Flores y hacer una avanzadilla en la selva al amanecer con *absolutamente todos* los recursos policiales de la ciudad. Había que encontrar a los niños. Había que encontrarlos inmediatamente. Bastaba –dije– con que encontráramos a uno. Los niños no son adultos, dije, *los niños acaban hablando, solo hay que saber cómo hacerles hablar.*

El alcalde me preguntó a qué me refería.

Yo le dije que no creía que fuera necesario explicárselo.

Hubo un silencio en el que volvió a acariciar los reposabrazos de su silla. Se había hecho de noche de golpe y nos habíamos quedado en aquella sala en penumbra como dos murciélagos. Encendió la luz y me preguntó cómo me llamaba. Yo me di cuenta entonces de hasta qué punto había estado hablando con alguien ajeno a la realidad más elemental. Ni siquiera me había reconocido, pero me miraba como miran los borrachos a una esposa a la que desprecian, con un sarcasmo torcido y beligerante. Quiso que le explicara mi plan y yo lo hice. Casi se podía oír cómo trabajaba aquel cerebro tosco pero eficiente.

–Si caigo yo, caes tú –dijo al fin, y como no contesté de inmediato, añadió–: Si caigo yo, caéis todos.

Traté de concentrarme en su rostro, me asombraba haber unido mi destino de una forma tan poco prudente al de aquel cadáver político.

–Eso parece –contesté.

El alcalde esbozó una sonrisa.

–Si caigo yo, caéis todos.

En ciertas situaciones es tan evidente lo que uno debería sentir que resulta inverosímil no llegar a sentirlo. Las razones no aplacan el dolor, pero lo explican, la urgencia de lo real se desvanece y en contrapartida le otorga cierto halo de idealidad, como si alguien hubiese decidido por nosotros. Veo esa imagen de mí mismo frente al alcalde como alguien externo y ajeno, recuerdo mi aspecto de esa época, pero el sentimiento que me llevó a decir aquellas palabras (con toda la violencia implícita que había en ellas) es algo que permanece intacto, la imagen es la mía, pero en ella hay algo perverso o dislocado, como si de pronto mis ojos fueran a pestañear con los párpados dados la vuelta.

En otras ocasiones soy más razonable –más indulgente quizá– y pienso que toda aquella representación se parece a la más común de las escenas: un niño que pone a prueba a su padre durante muchos días hasta que este pierde al fin la paciencia, ese instante de obnubilación en que el padre pega una palmada sobre la mesa y se levanta dispuesto a castigar al niño, ese segundo previo a la violencia física que es solo una violencia *mental*. ¿No hay acaso algo que se pone en juego en ese instante? Y esa cara con la que el niño se vuelve bruscamente hacia el padre y reconoce que ha cruzado el límite ¿es algo verdadero o sigue siendo solo pura inminencia de algo que aún no ha sucedido, que aún no es real? Los 32 habían cruzado ese límite y la ciudad de San Cristóbal había pegado la palmada sobre la mesa, pero desde el lugar de la furia hasta la violencia real había todavía un trecho.

Para extorsionar a Manuel Ribero, el director de *El Imparcial,* no hizo falta gran cosa. Bastó con seguir las instrucciones que me había dado Sosa. Le dije que hablaba en nombre del alcalde y que al día siguiente no publicaría ni una palabra sobre los tres últimos niños que habían desaparecido ni sobre la pelea que se había producido en la plaza Casado si no quería que el ayuntamiento cancelara el contrato con que el diario pagaba el crédito que lo tenía ahogado económicamente. Hubo un silencio ominoso y triste que me hizo sospechar que no era la primera vez que sucedía una escena parecida, aunque con actores distintos. Volvió a sorprenderme mi tranquilidad.

–No queremos –continué– un levantamiento popular, tenemos que centrarnos en la búsqueda de los niños desaparecidos y no podemos comprometer su *seguridad*.

La seguridad, esa palabra mágica, ese conjuro capaz de suspender hasta la lógica más elemental. Manuel Ribero tardó en responder. Me dijo que aceptaba no publicar lo de las nuevas desapariciones pero que era imposible no publicar lo de la plaza, había habido demasiados testigos y ya tenía a un redactor escribiendo la crónica. Yo le dije que convirtiera esa crónica en una carta al director, pero que la posición oficial del periódico fuera que la reunión de la plaza Casado había transcurrido con perfecta normalidad, que yo mismo me encargaría de escribir esa crónica y de entregársela en una hora.

Sorprende la rapidez y la eficacia con que la gente se pliega a comportamientos abusivos en situaciones críticas. Aquella fue la primera (y última) vez que he extorsionado a alguien en mi vida. Había supuesto que sentiría la resistencia de Manuel Ribero ante mi extorsión y también mi propia repugnancia, y aunque se produjeron las dos cosas, el peso específico de la escena, lo que le llevó a él a aceptar y a mí a extorsionar, quedó inevitablemente *fuera* del marco. En ningún momento pensé que los dos fuéramos a sentir un mismo miedo súbito y casi simultáneo –como si la extorsión de uno y la humillación del otro precisaran de un terreno compartido–, ni mucho menos que ese miedo fuera a unirnos de una manera tan particular, como si nos amparara a los dos un gesto involuntario. Un acto íntimo.

Le pregunté si tenía hijos. Me respondió que tres.

–No es algo agradable todo esto –dijo.

–Pero no va a durar mucho más –repliqué yo.

132

–Durará mientras gente como usted y como yo sigamos haciendo estas cosas.

Fue una lección discreta. Tardé en entenderla porque la velocidad de aquella noche jamás me habría permitido discernir que no había en ella ningún ataque personal, pero yo lo sentí así y respondí con arrogancia. Él no volvió a contestar, se limitó a colgar el teléfono y a no dirigirme la palabra desde entonces. Han pasado veinte años desde aquel día, pero siempre que he coincidido con él y he tratado de acercarme me ha dado ostensiblemente la espalda. Si en cualquiera de esas ocasiones me hubiese dejado hablar medio minuto, habría descubierto que lo único que deseaba era agradecerle aquel gesto.

Se acordó la cita para la batida a las cinco de la madrugada del día siguiente, el 11 de marzo de 1995. Aparte de los 164 policías urbanos y municipales, se esperaba al menos a 40 voluntarios, la mayoría de ellos familiares de los últimos niños desaparecidos. Pablo Flores fue quien se encargó del «reclutamiento» de ese grupo. Necesitábamos a alguien que supusiera una figura con autoridad frente a las familias, y quién mejor que él. Le dimos un listado de instrucciones básicas para los que quisieran unirse y le pedimos que extremaran la puntualidad. Yo apenas pude dormir esa noche. Salí de mi despacho a las dos de la madrugada después de asegurarme de que *El Imparcial* publicaba el texto que había escrito sobre el episodio de la plaza Casado.

Antes de irme a casa me asomé al despacho de Amadeo Roque, el director de la policía, que en ese momento estaba reunido con sus colaboradores diseñando el recorrido de la batida del amanecer. A diferencia de lo que mucha gente cree, Roque era, en esencia, un buen tipo. Pesado y puntilloso, sin duda, pero un buen tipo al fin. Su cara adusta y su principio de alopecia combinaban mal con aquellas caderas anchas, casi femeninas, pero había aprendido a compensarlas con unos movimientos siempre enérgicos. Junto a él había cuatro personas inclinadas sobre un gran mapa de las afueras de la ciudad. Roque hablaba un poco más alto de lo normal, y sus colaboradores parecían un poco acobardados. Me pareció que aquel asunto de los niños había comenzado a desbordarle hasta un punto nervioso, como si la imprevisibilidad de lo que podía suceder estuviese haciendo cortocircuitar el rigor lógico con el que estaba acostumbrado a organizar su pensamiento. No era solo que le hubiese costado ya más de una docena de severos toques de atención por parte del alcalde, ni que peligrara su puesto de trabajo, sino algo más profundo, más elemental, algo con lo que estaba empezando a no poder relacionarse y que hacía surgir en él reacciones abiertamente violentas ante estímulos nimios.

Todos estábamos exhaustos y teníamos aire de muertos vivientes. Amadeo Roque trató de señalar la zona del mapa donde iba a empezar el primer grupo al día siguiente, pero al lápiz se le rompió la mina y en vez de afilarlo o pedir otro lo partió en dos directamente y se lo tiró a la cara a su ayudante. Fue un momento extraño, inesperado, tanto más en un hombre al que, como él, preocupaban los gestos hasta un punto neurótico. Más que de una reacción violenta, parecía tratarse de una representación, o mejor, del ensayo de una representación. Quería «verse» a sí mismo haciendo algo imprevisible. Ahora entiendo que no era el único. Todos los que estábamos allí reunidos nos tratábamos con una distancia oblicua, no tanto porque no supiéramos cómo iban a ser las reacciones de los demás como porque ya empezábamos a no poder controlar las propias.

Dos horas después ya no quedaba nadie en el ayuntamiento. Nos fuimos casi sin despedirnos. Resultaba paradójico lo tranquila que había quedado la noche a pesar de todo lo que había sucedido. La luna estaba prácticamente llena y dibujaba la sombra de los árboles sobre la acera en los tramos en que no había luz eléctrica, que en aquella época todavía eran muchos. Durante aquel paseo de quince minutos hasta mi casa pensé que en cualquier momento iba a saltar un niño delante de mí. Me lo imaginaba con la espalda encorvada y la cara que Antonio Lara tenía en la fotografía que me había dado su padre y que llevaba siempre encima. En mi imaginación tenía el aspecto de las criaturas míticas de los relatos infantiles, un duende, un elfo. Durante unos minutos –igual que en las fábulas– pensé que su aparición dependía tan solo de mi deseo y que si lo deseaba con la fuerza suficiente el niño acabaría apareciendo, pero lo deseé y no apareció nadie. Apenas corría la brisa, y en la puerta de mi casa todo estaba inmóvil. No había luz ni en el cuarto de estar ni en el de la niña, y solo se veía un tenue resplandor en mi dormitorio, el de la mesilla de noche de Maia.

Cuando abrí la puerta vino a recibirme Moira, la perra a la que había atropellado en la puerta de nuestra casa el día que llegamos a la ciudad. No habíamos logrado convertirla en una perra doméstica. Pasaba con nosotros largas temporadas pero luego desaparecía para regresar meses más tarde medio muerta de hambre o con el cuello destrozado en alguna pelea. El animal había comprendido que nuestra casa era, más que un hogar, el centro al que regresaba a la espera del milagro. Siempre que llegaba se la acogía con alegría pero también con inquietud. Maia no la tocaba por superstición, y a la niña le habíamos prohibido jugar con ella por miedo a los gérmenes que traía en cada regreso. Aquella última vez había estado más cerca de la muerte incluso que en el atropello: un tipo de mosca tropical llamada rezno le había inyectado larvas bajo la piel y los parásitos se habían estado alimentando de su carne durante tantos meses que cuando llegó a nuestra casa estaba casi irrecuperable. Le abrí el pelo con las manos y descubrí con un asco infinito una bola de larvas, del tamaño de una mandarina, retorciéndose debajo del cuello. Aquella masa viva de criaturas medio ciegas se quedó en suspenso un instante y luego comenzó a moverse con más furia aún. Ahora la perra volvía a estar bien. Jadeaba con energía y me clavaba la mirada en la oscuridad con una insistencia que habría sido insoportable en un humano. Se le había curado la herida y apenas le había quedado una calva bajo el collar.

Todo se resiste a la muerte, pensé, desde la larva hasta la secuoya, desde el río Eré hasta la termita. No moriré, no moriré, no moriré parece ser el único grito real de este planeta, la única fuerza verdaderamente segura. Lo demostraba aquella perra, Moira, con el simple movimiento de su cola al recibirme, lo demostraba la niña dormida en la habitación, la atención de Maia cuando le conté lo que había sucedido al llegar al dormitorio, la luz concentrada de la inteligencia en los ojos de mi mujer. Y mientras lo hacía sentía con furia la necesidad de ese grito elemental –no moriré, no moriré, no moriré...–, me parecía que algo pasaba sobre nosotros, por encima de Maia y de mí, algo semejante a un bien. Pero ni siquiera esa energía benéfica conseguía aplacar el nerviosismo del grito.

Le conté con detalle la pelea de la plaza Casado.

Le dije que esa noche había extorsionado al director de *El Imparcial* y también que al amanecer comenzaría la batida y que estábamos decididos a acabar con el asunto de una vez por todas.

Maia me dijo que cerrara los ojos y tratara de descansar. La miré sin decir nada. En medio de la oscuridad tenía unos ojos negros con una enorme pupila ciega, como los recién nacidos. Me pareció que de algún modo incomunicable estaba orgullosa de mí, pero por razones que estaban lejos de ser obvias y que, como siempre, no tenía intención de decirme. Sentí de pronto el cansancio de aquel día, pero cuanto más inmóvil estaba todo a mi alrededor tanto más fuerte me parecía que resonaba aquel grito. Maia me puso la mano en la espalda, tumbada de costado junto a mí. Un gesto sencillo que hacía siempre que quería tranquilizarme. La misma mano pequeña y tibia, con las puntas de los dedos ásperas a causa de las cuerdas del violín, ahora parecía más caliente que de costumbre, como si más que una mano fuera algo un poco brusco, una estaca con la que alguien me empujaba a golpecitos hacia un acantilado. Y todo el rato se oía ese grito una y otra vez, a veces con el estertor áspero de una carcajada y otras como algo melifluo e inquietante. No moriré, no moriré, no moriré...

Me desperté empapado en sudor.

–No has parado de hablar en sueños –susurró Maia.

–¿Y qué decía?

–No se entendía bien.

–¿No me lo quieres decir? –pregunté.

Mi mujer tenía una manera peculiar de evitar las peticiones que no le gustaban; sonreía y disparaba a matar.

–Si no lo quieres saber, ¿para qué me preguntas?

Muchas veces nuestras conversaciones terminaban así, como una fábula oriental. Le dije que tal vez no volviera ese día, que la intención era mantener la batida hasta que encontráramos a los niños. Ella me contestó que no tratara de echarme a la espalda una situación que me sobrepasaba. Me dijo también algo inquietante y muy de su estilo: que no tuviera miedo.

–¿Miedo a qué? –pregunté yo.

–A encontrarlos.

A las cinco de la mañana el aire tenía un tono diáfano, algunas farolas estaban todavía encendidas y no se oía rumor alguno. Estaba tan adormilado que hasta que no llevaba doscientos metros caminados hacia el paseo del río no me di cuenta de que a mi lado trotaba Moira, la perra. Llevaba un collar blanco contra parásitos con una pequeña borla que tintineaba suavemente cada vez que se movía. Igual que la primera vez que la vi, me volvió a asombrar su elegancia de pastor cruzado. Entendí que pretendía devolverme una especie de favor y le acaricié la cabeza para agradecérselo.

El grupo lo componían más de doscientas personas, entre policías y voluntarios. Estaban reunidos junto al embarcadero turístico. Me sorprendió que fueran tantos, que estuvieran tan dispuestos. El embarcadero de aquella época se parecía poco al de hoy, y la barca que cruzaba el río no era entonces ese flamante catamarán blanco del que hoy está todo el mundo tan orgulloso en San Cristóbal, sino una cáscara de nuez pintada de azul al que un gracioso había bautizado «Cholito». Amadeo Roque se subió a la popa y gritó en el megáfono que era el jefe de la policía y que iba a dar unas instrucciones sobre cómo rastrear. Se le veía un poco menos cansado que la noche anterior, pero también más crispado. Se había agarrado con tanta violencia a la barandilla del barco que parecía que estaba domando un potro. Gritó que la batida se proponía peinar en aquella primera jornada una superficie de casi seis kilómetros selva adentro, que era imposible que los niños se hubiesen adentrado más allá. La intención era abrirse por el lado oriental –el último lugar en el que se habían notificado varios avistamientos– y desde allí desplegarse en abanico hasta el lado occidental de la ciudad, como en una partida de caza circular.

Los hombres (casi la totalidad de aquella comitiva estaba compuesta por hombres, a excepción de las cinco o seis mujeres que en ese momento pertenecían a los cuerpos de seguridad) estaban nerviosos. Por lo general habían seguido las instrucciones que les habíamos dado; vestían pantalones largos y botas y llevaban ropa clara de algodón. Tenían unas expresiones severas y adormiladas. Por un instante la escena completa me recordó aquellas romerías que se hacían de madrugada cuando era niño al llegar la primavera. Un rito tan antiguo como la vida de los hombres: celebrar los ciclos, dar cuenta de los cambios de estación y pedir prosperidad a los dioses. Comparado con aquella selva bipolar que solo contemplaba la estación seca y la húmeda, el mundo de las estaciones parecía pertenecer a otra galaxia. Amadeo Roque gritaba instrucciones desde la popa del barco y la luz del amanecer iba definiendo las facciones que hasta ese momento habían estado emborronadas. Uno de los grupos de la batida, el más cercano al río, lo iba a dirigir Pablo Flores. Había sido un acierto absoluto darle cierta autoridad en la batida. Su ansiedad parecía haberse desarticulado un poco –seguramente por el agotamiento–, pero aún tenía aquella mirada de loco con la que había subido al estrado de la plaza Casado. A Antonio Lara, sin embargo, no lo vi. Sabía con seguridad que se encontraba en el grupo, porque había visto su nombre en las listas, pero no conseguí encontrarlo. Sonaron tres pitidos, la señal de que comenzaba la batida, y nos colocamos en posición.

Algo habíamos aprendido del fracaso de la primera batida tras el asalto al supermercado Dakota. Todos los hombres llevaban un machete, un silbato, una linterna y cada diez personas compartían un kit con antídotos para distintos venenos de serpiente que el departamento de higiene había preparado esa misma noche. Habían diseñado un cartel elemental para que la gente supiera distinguir una pitón de una cascabel o una coral, y los antídotos estaban distribuidos en frascos de colores con una imagen de la cabeza de la serpiente que correspondía a cada uno. Casi tan importante como inyectarse el antídoto lo antes posible era saber con exactitud qué serpiente nos había mordido, explicó uno de los médicos que formaba parte de la batida, y luego hizo una pequeña demostración práctica de cómo había que aplicarse la inyección pellizcándose la piel. Había otra jeringuilla cargada con antihistamínico para el caso de las picaduras de araña. El jefe de la policía insistió en la importancia de mantener la distancia de veinte metros entre persona y persona y de no perder nunca el contacto visual con los compañeros que quedaban a los flancos. Cuando alguien viera a un niño no tenía que correr tras él sino sencillamente hacer sonar el silbato y seguir acercándose a la misma velocidad, *jamás* había que romper el cordón.

Buena parte de nuestros recuerdos depende del sello que imprime el tiempo sobre nuestras sensaciones. ¿Tenía el aire realmente esa blancura lechosa cuando nos adentramos por fin en la selva o es todo una mera distorsión de mis sentimientos? Yo conocía bien aquel primer tramo que quedaba junto al río. Cuando estaba recién llegado a la ciudad, había unos merenderos populares a los que iba con Maia y con la niña. Todavía seguían allí, abandonados. Se habían llevado las parrillas pero quedaban restos de las mesas de ladrillo, eran como las toscas ruinas de una civilización elemental. Me pareció que había transcurrido un milenio desde aquella época y sentí nostalgia de mi ingenuidad. Pero los árboles no atienden al bien ni al mal, los insectos y las raíces de las plantas no atienden a las razones de los hombres, mucho menos a la nostalgia, y ciertamente hay algo consolador en esa idea.

Casi parecía un juego: una fila clara que se perdía entre la espesura y se iba abriendo paso con ayuda de los machetes pero con el mayor sigilo posible. Solo se oía el ruido lento de nuestras pisadas evitando –como nos habían dicho– las ramas y los troncos caídos y de vez en cuando el sonido de un silbato en la distancia. Un pitido significaba detenerse; dos, reanudar la marcha; tres, que habían encontrado a alguno de los chicos. En el caso de que se produjeran tres pitidos había que caminar hacia el origen manteniendo la distancia con los compañeros de los costados para realizar un movimiento envolvente sobre el grupo. Caminábamos despacio, tanto que a los pocos minutos casi habíamos perdido el sentido de la búsqueda. Por si fuera poco, al atravesar un pequeño afluente del Eré tuvimos que reagruparnos y volver a abrir la fila. Perdimos casi una hora y media en ese sencillo proceso hasta que volvimos a nuestras posiciones. La gente parecía ensimismada, silenciosa. Más de dos horas de caminata selva adentro puede destilar una melancolía sin objeto, y siempre he pensado que buena parte de la ceremoniosidad de las comunidades ñeê se debe a esa lentitud natural que impone la vegetación a los pensamientos. Pero todos estábamos seguros de algo: íbamos a encontrar a los niños. Puede que nos llevara solo unas horas o más de tres días, pero los íbamos a acabar encontrando. Y por extraño que parezca, Maia tenía razón: aquel pensamiento nos daba miedo.

El perro trotaba a mi lado con naturalidad, parecía conocer perfectamente aquella zona y solo muy de cuando en cuando se alejaba unos metros de mí, olisqueaba algún tronco y regresaba con la mirada ceñuda. Yo pensaba que el animal no tenía ni idea de lo que yo estaba buscando, pero de pronto se quedó clavado y comenzó a gruñir con un sonido decidido. Miré en la misma dirección en la que miraba el perro. No vi nada. Una pared vegetal que se alzaba junto a una masa de árboles y la tierra roja y abierta.

La luz se había empezado a filtrar a través de las hojas más altas de los árboles y salpicaba el suelo de puntas brillantes. La intuición no se produjo en ninguna parte específica del cuerpo, pero de pronto supe que el perro había visto a uno de los niños. Me volví de nuevo hacia el animal para calcular la inclinación de su mirada y corregí la dirección de la mía. Al volver a mirar me pareció que la pared vegetal se emborronaba, como cuando se mira muy cansado hacia un lugar, y luego, con una nitidez espeluznante, resaltó un objeto.

Entonces lo vi.

En medio de aquella nada verde se dibujó una barbilla.

Una boca.

Dos ojos como dos alfileres incrustados.

Hace unos cuatro años, durante el banquete de boda del hijo de unos amigos, coincidí en la mesa con un hombre que llevaba una pajarita ridícula. Sucedió durante el último año de vida de Maia. Yo estaba malhumorado por la enfermedad de mi mujer, todas las conversaciones me parecían banales, y el noventa por ciento de la gente, de una estupidez insoportable. La niña había dejado de ser niña y se había enamorado de un profesor de física. Acababa de irse a vivir con él, algo que me había herido y aliviado a partes iguales porque durante los últimos meses me había molestado el nerviosismo de su enamoramiento en contraste con la enfermedad de su madre. La posibilidad de perder a Maia y de enfrentarme a la soledad que se produciría tras su muerte hacía que el mundo me pareciera una construcción chapucera y sin sentido. Vivía sumido en un estado que una vez oí llamar con acierto «la arrogancia del sufriente», esa irritación crónica que hace que, tras un sufrimiento muy prolongado, muchas personas acaben creyendo que su desdicha les otorga una especie de superioridad moral. Maia y yo habíamos estado a punto de no ir a la boda, y cuando nos sentamos a la mesa y vi a aquel hombre de la pajarita estuve tentado de decirle que nos fuéramos. Dos minutos después el que no se quería ir era yo. No solo resultó ser encantador y divertido, sino que por alguna razón trató a mi mujer con una delicadeza extraordinaria. Aquello me conmovió. La enfermedad o el contacto con la enfermedad genera también extraños compañeros de cama. Al final de la comida y después de unas cuantas bromas sobre los novios, se puso un poco más serio e hizo una curiosa pregunta:

–¿Qué sucedería si sintiésemos una señal al ver por primera vez a la persona que va a ser más determinante en nuestra vida?

–¿Qué tipo de señal? –preguntó Maia.

–Algo no necesariamente físico, no tendría por qué ser una luz o un sonido, pero sí algo evidente, *seguro,* algo que nos hiciera saber que esa persona va a formar parte de todas nuestras decisiones para siempre.

Alguien replicó que esa sensación, si bien no de una manera completamente segura, ya existía bajo la forma de la intuición, el flechazo... El hombre negó con la cabeza.

–No me estoy refiriendo al amor, naturalmente. Me refiero al *testigo.*

Y entonces expuso una teoría tan dislocada como su pajarita: la de que todos tenemos un testigo. Alguien a quien secretamente deseamos convencer, a quien todas nuestras acciones están dirigidas y con quien no podemos dejar de dialogar secretamente. Y añadió que ese testigo no está en el lugar más evidente, que casi nunca es el cónyuge o el padre o la hermana o la amante, sino muchas veces alguien banal, secundario en el desarrollo normal de la vida.

Me pareció que de entre todas las personas que estaban sentadas en aquella mesa solo yo entendía lo que quería decir.

En el silencio que se abrió tras aquel monólogo me pareció ver el rostro de Jerónimo Valdés. Jerónimo Valdés había sido para mí ese testigo durante los últimos quince años de vida (aún vivía en ese momento, estaba encerrado en la prisión provincial en una de sus múltiples salidas y entradas de la cárcel), pensé que tal y como decía aquel hombre yo había sentido algo parecido a una señal al verle por primera vez en aquella batida en la selva quince años atrás, cuando el perro clavó la mirada en la masa de espesura que había frente a mí y me pareció que sus rasgos emergían de entre las hojas. Jerónimo Valdés tenía entonces doce años, pero era tan bajito y delgado que bien podría haber pasado por un niño de nueve. Tenía una cara afilada de ardilla y dos ojos del mismo color castaño que el pelo, como si la naturaleza le hubiese pintado en tres colores, el blanco brillante de los dientes, el castaño del pelo y el marrón claro de la piel y los labios.

Estaba a unos veinte metros de mí, completamente inmóvil. Tenía una camiseta blanca cubierta de mugre y me miraba de frente. Parecía ágil, como los cachorros de los cervatillos, una criatura capaz de saltar diez veces su propia altura. Hubo una señal, pero no sé en qué consistió ni por qué permanecimos tanto tiempo callados. Ni siquiera sé si transcurrió mucho tiempo o si fue mi propia adrenalina la que expandió la conciencia de aquellos segundos. No hice sonar el silbato a pesar de que lo llevaba entre los dientes. Me lo impidió la sorpresa, pero también la sensación de que aquel niño me suplicaba mentalmente que no lo hiciera. Por un instante me pareció que su liviandad dependía de algún modo de mi «pesantez», que yo era la gravedad que le mantenía a él pegado al suelo. Agarré a la perra con fuerza para que no saliera disparada, pero un segundo después fui yo mismo el que le empezó a perseguir. Jerónimo dio media vuelta y echó a correr.

La impresión del recuerdo es que la carrera no fue muy larga, lo sé también por las señales que me dejó en el cuerpo; me arañé la cara y en algún momento me golpeé la rodilla, porque al día siguiente la tenía hinchada. La perra se me cruzó y le pegué sin querer una patada a la que el animal respondió con un ladrido quejumbroso. Tres zancadas más adelante agarré por primera vez a Jerónimo de la camiseta y estuvimos a punto de tropezar; entonces hizo un quiebro y consiguió zafarse. Corrimos unos metros más y por fin conseguí engancharle de un brazo, pero se puso a patalear con fuerza. Me recordó la sensación que había tenido unos meses antes al agarrar a aquella niña que escuchaba a Maia en el jardín de nuestra casa; más que un niño parecía un insecto gigante, una criatura con ocho o diez miembros que se agitaban con desesperación hacia lugares impensables, cada uno de ellos provisto de un pequeño garfio, algo que picaba o arañaba. Emanaba de él una pestilencia ácida, parecida a la de los indigentes de las ciudades pero en una clave más dulzona, como la de un yogur vencido hace mucho tiempo.

Cuando conseguí incorporarme un poco y le miré la mano que había quedado libre entendí lo que había sucedido: Jerónimo la tenía empapada de sangre y con los nudillos blancos a causa de la fuerza con que agarraba una pequeña navaja del tamaño de un pirulí. Me la había clavado dos veces en el brazo sin que yo me diera cuenta por la excitación. Los dos nos quedamos un instante en vilo, escandalizados, él de haberme clavado la navaja y yo de no haber sentido nada más que un súbito sabor metálico. Tras la confusión hizo un nuevo intento de clavármela, esta vez en el pecho, pero le agarré la mano con fuerza y le hundí violentamente el pulgar en la muñeca hasta que emitió un gemido y la dejó caer sobre el suelo. Tenía en la cara roña como para asfaltar un patio y el pelo más duro que un estropajo. En el labio superior, brillaba un herpes o una quemadura de un inquietante color oscuro.

—Vas a estarte quieto —le dije sin poder soportarle la mirada—, ¿me oyes?

Pero Jerónimo no contestó nada.

Nunca somos aceptados en la inocencia de nuestra primera aparición, nuestra máxima condena no es que tengamos que probar lo que somos, sino que tenemos que probarlo una y otra vez. Tal vez eso es lo que me habría gustado decirle al sabio de la pajarita: que el testigo no tiene la culpa de que algo en nosotros lo haya elegido a él como interlocutor infranqueable y que a fin de cuentas somos nosotros quienes lo obligamos al fingimiento. Nadie puede sostener la autenticidad para siempre, ni siquiera los niños testigos.

Jerónimo tenía una belleza clásica. Al igual que los de todos los niños ñeê, su rostro era inevitablemente fotogénico, en contraste con su carácter real, que era ascético y voluntarista. Sonreía muy poco, lo que hacía que su sonrisa fuera maravillosa, y aunque le gustaban las bromas cometía el error de tomárselas completamente en serio, demostrando ser también en eso muy sancristobalino. Era el cuarto hijo de un matrimonio de campesinos de té de la provincia y pedía en las calles de San Cristóbal desde que había aprendido a caminar. Su vida era como los sonidos en los sueños: una cosa extraordinaria, por eso no me extraña que se uniera a los 32 desde el principio. Se le ve en muchas de las imágenes clásicas: entre los que salen corriendo tras el asalto al supermercado Dakota, en varias fotografías sin fechar reproducidas en el documental de Valeria Danas... Tiene en todas una actitud un poco distante, siempre está algo apartado, pero a pesar de eso su presencia no revela ningún signo de ostracismo sino todo lo contrario, de distinción, como si los otros chicos admiraran en él alguna cualidad.

Muchos años más tarde, durante una de las visitas a la prisión provincial (Jerónimo tenía ya veinte años por aquel entonces y había vuelto a la cárcel una vez más por robo con intimidación), le pregunté qué había sentido cuando lo «atrapé» aquel día en la selva. Me dijo –con una precisión poco habitual, porque casi siempre que hablaba sobre aquellos años era más bien esquivo y monosilábico– que sabía que algo le iba a pasar y que había tenido miedo durante toda esa noche. No recordaba por qué estaba solo ni qué había ido a hacer allí, tan lejos de los otros niños. Yo de verdad creo que no lo recordaba. Jerónimo Valdés prefería no hablar a tener que mentir, y cuando comentaba algo sobre aquella época recuperaba la agresividad con que me miró en esas primeras ocasiones. Pero la agresividad nunca se convirtió en odio, y yo estuve muy lejos de odiarle a él.

Tal vez sea imposible entender y perdonar a los demás sin haberse antes perdonado y comprendido a uno mismo. Cuando le agarré la mano clavándole el pulgar en la muñeca con tanta fuerza como para partírsela y soplé el silbato que tenía entre los dientes lo más alto que pude, fui tan consciente de que estaba sentenciándolo que no pude sostenerle más la mirada.

Lo que sucedió durante el resto de aquel día ha permanecido en mi memoria como una nebulosa salpicada de unas pocas certezas: sé que en algún momento perdí el conocimiento y que fui evacuado en una camilla de campaña hasta el hospital de la provincia, adonde llegué con un litro menos de sangre, sé que cuando recuperé la conciencia estaban Maia y la niña a mi lado y que la niña me miraba con unos grandes ojos asustados. Verme herido había hecho retraerse por un instante a la adolescente que ya casi era y había hecho salir de nuevo a la niña. Se le llenaron los ojos de lágrimas y me abrazó el cuello para darme un beso. Maia me dijo que llevaba durmiendo doce horas porque al llegar había tenido una crisis nerviosa (de la que yo no recordaba nada) y el doctor me había tenido que sedar. Me dijo también que habían terminado la batida y que no habían encontrado a los niños.

—¿Y el que encontré yo?

—Solo a uno —corrigió—, el que encontraste tú.

—¿De verdad no han encontrado a nadie?

Maia no contestó, como siempre que hacía una pregunta redundante. Mi mujercita oriental.

—¿Te duele? —preguntó.

A mí me daba la sensación de que tenía que pensar mucho las respuestas, hasta las más elementales. Traté de recordar aquella cara que hacía solo unas horas había tenido a unos pocos centímetros de la mía pero no fui capaz de rescatar una imagen certera. Solo recordaba su liviandad, la liviandad de Jerónimo, más que una característica me parecía un estado del ser, como cuando se tiene a un pájaro vivo por primera vez en las manos y se siente la palpitación nerviosa de su corazón diminuto. Vi por primera vez las heridas de la entrada de la navaja en mi brazo derecho, una en el antebrazo y otra más grande y con forma de semicírculo en el bíceps. Dolía con la insistencia de un hueso roto, y Maia me dijo que según el doctor me podía considerar un hombre con suerte, que unos centímetros más a la derecha y la navaja habría seccionado la vena radial y la media de un solo tajo, lo que habría hecho que perdiera el triple de sangre, una sentencia de muerte en toda regla.

Media hora más tarde se presentó en la habitación del hospital Amadeo Roque y me explicó que el niño al que yo había encontrado se llamaba Jerónimo Valdés y había sido identificado por su familia gracias a una fotografía que había publicado *El Imparcial*. Al parecer el niño no quería saber nada, y los padres (que solo habían acudido por la dimensión pública del episodio y por miedo a una represalia legal), al ver que no sucedía nada, tampoco habían querido saber mucho más. Aseguraron que siempre había sido un chico violento y que una vez incluso había intentado matar a su hermano menor. Desde que lo habían metido en el calabozo se encontraba en un estado semisalvaje, no comía, lo habían tenido que asear a la fuerza y respondía a todas las preguntas que se le hacían «en una lengua incomprensible». El propio Amadeo Roque tenía un aspecto lamentable, parecía que llevaba tres días sin dormir y el calor le había dado a su piel un aspecto cerúleo, como si se estuviese reblandeciendo desde dentro. La ciudad –me siguió contando– estaba al borde de un episodio parecido al de la plaza Casado, pero con la animadversión añadida que había provocado el fracaso de la búsqueda. El alcalde estaba a punto de dimitir. La policía estaba desbordada. Se habían producido un asalto a una tienda de electrodomésticos y dos atracos a punta

154

de pistola en gasolineras. El gobierno de la nación estaba a punto de declarar el envío de refuerzos policiales de otras ciudades de la provincia. Los niños de la selva se habían volatilizado. Literalmente. Jerónimo Valdés se negaba a hablar. Estábamos en un callejón sin salida.

El 15 de marzo de 1995, dos días despues de la batida, salí del hospital con el brazo en cabestrillo rumbo a la delegación de policía donde estaba encerrado Jerónimo Valdés. Aún tenía un fuerte dolor en la herida, y el alcalde me había llamado por teléfono media hora antes para decirme que tenía ahí al niño.

–No parece que sea muy fácil hacerle hablar.

Le pedí que me dejara entrar en el equipo de interrogatorio que entonces dirigía Amadeo Roque, y él me contestó que tenía cuarenta y ocho horas, porque después de eso el niño iba a pasar a disposición judicial, lo que significaba que estaría aislado en el centro de menores hasta la entrevista del «Patronato de Rehabilitación». Me pareció que a aquellas alturas al alcalde había empezado a darle todo lo mismo.

–No creo que sirva de mucho –dijo–, pero si le divierte...

En cierta ocasión leí que un sabio hindú atribuía todas las desgracias que le habían ocurrido en la vida a haber matado durante su infancia de una pedrada, y por pura frivolidad, una serpiente de agua. ¿Quién puede asegurarme que la enfermedad de Maia, la frialdad con que me trata hoy mi hija o mi indiferencia ante este hermoso mundo no tienen nada que ver con no haber dejado dormir durante cuarenta horas a un niño llamado Jerónimo Valdés?

La idea surgió tras aquella conversación telefónica con el alcalde y de una manera casi distraída, recordando hasta qué punto estuve a punto de deslizarme hacia la locura en cierta ocasión en que coincidieron dos noches de insomnio seguidas de un larguísimo viaje en avión. Recordaba que en las últimas horas, cuando llevaba casi treinta y cinco horas ininterrumpidas sin dormir, y después de haber tenido un ataque de ira con la azafata, sentí cómo el cuerpo se rendía y «rompía». No sé explicarlo con precisión, pero me pareció oír un chasquido que me hizo pensar que me iba a dar un infarto y que luego se me agarró a la garganta en forma de angustia. La gente que estaba a mi alrededor empezó a mirarme con rostros alucinados, y sentí tan fuerte el zumbido de los motores del avión que el dolor empezó a ser casi *físico*. Recuerdo que llegué a pensar que si no me dormía en los siguientes cinco minutos iba a tragarme la lengua, y ese miedo insensato hizo que me pusiera a llorar de una forma desconsolada. En ese momento la azafata a la que había insultado tuvo un gesto de una humanidad conmovedora. Se acercó hasta mí con una almohada y otra manta, me pidió que la acompañara y me mostró un par de butacas vacías que había al fondo del

157

avión. Yo la seguí como un zombi. Levantó el reposabrazos para que pudiera recostarme y me dijo que me tumbara allí. Podrá parecer mentira, pero nunca me había sentido tan agradecido. Por un instante estuve a punto de tirarme a sus pies llorando, y ella me vio tan desesperado que se quedó a mi lado y hasta me echó la manta por encima. Cuando la vi hacer eso, un segundo antes de cerrar los ojos, pensé que sería capaz de darle cualquier cosa que me pidiera, *literalmente:* cualquier cosa.

Al caminar hacia la comisaría eché cuentas mentalmente y pensé que Jerónimo Valdés debía de estar tan cansado que bastaría con no dejarle dormir una sola noche. Mi plan, por otra parte, no era muy original. Poli bueno, poli malo. El poli malo sería Amadeo Roque, y despertaría a Jerónimo una y otra vez, el poli bueno, el que le permitiría dormir, sería yo, y representaría el papel de uno de los padres de los 32. Mi idea era tratar de convencerle de que era el padre de Antonio Lara. Ambos le preguntaríamos, tanto al permitirle descansar como al despertarle, la misma pregunta una y otra vez: *¿Dónde están los demás?* Era importante que la pregunta no tuviera ni una variación, que siempre fuese idéntica. *¿Dónde están los demás? ¿Dónde están los demás? ¿Dónde están los demás?* Hoy me basta repetirla dos veces para que vuelva a golpearme en los oídos como el sonido metálico de una trepanación. *¿Dónde están los demás?*

Cuando llegamos a la celda me sorprendió lo pequeño que era Jerónimo. ¿Era aquel realmente el mismo niño que había estado a punto de matarme en la

selva? Luego, tras mirarlo detenidamente, volvió a recuperar su prestancia. Apenas había querido comer
en dos días, pero su aspecto, lejos de parecer indefen-
so, era de una dignidad sorprendente. Nunca había
visto a un niño así. Daba la sensación de que vivía y
pensaba como si hubiese nacido allí mismo y nunca
hubiese conocido más preocupaciones que las de la
mera supervivencia. Sus gestos tenían un aire patético
pero esencial. Pedí que me dejaran a solas con él y me
senté a su lado. Le pregunté si se acordaba de mí, le
enseñé el brazo y la herida, y le recordé que había
sido él quien me lo había hecho, a lo que respondió
con una mirada de incredulidad absoluta. Ya no olía
mal, despedía un aroma tenue a jabón y tenía el pelo
cuidadosamente peinado, pero el herpes del labio le
seguía dando a su rostro un aire espiritual, como el
de un Lázaro niño resucitado de entre los muertos.
Saqué del bolsillo la fotografía de Antonio Lara y se
la enseñé. Él la cogió para mirarla de cerca. Inclinó la
cabeza y no pude ver su gesto.

—Es mi hijo —mentí.

Entonces se volvió hacia mí de golpe, como si
Antonio Lara fuese una especie de demonio. No habría sabido determinar si su mirada era de admiración o de temor, pero sin duda era de sorpresa.

—¿No me quieres ayudar a encontrarlo?

No contestó y yo le puse la mano sana en el
hombro. Me pareció una delicadeza que me dejara
tenerla ahí sin apartarse ni oponerse a ella.

No fue fácil. Después de diez horas Jerónimo comenzó a quedarse dormido. Lo primero que hicimos

fue sacar el catre de la celda y dejar solo una silla, pero el niño se quitó la camiseta, la extendió en el suelo como un yogui y se echó a dormir sobre ella. Amadeo Roque permitió que empezara a dormir y a continuación entró en la celda dando un gran portazo. Jerónimo pegó un salto y se arrastró debajo de la silla. Yo contemplaba la escena detrás del vidrio tintado que había en la puerta de la celda. Todo era de un esquematismo paradójico: el niño, la silla, el retrete, el lavabo.

Siempre que tengo la tentación de pensar que soy mejor que nadie me basta recordar que fui capaz de torturar durante dos días a un niño de doce años para que delatara a sus compañeros. Se parece en cierto modo a esos silencios que a veces se instalan en las familias infelices y que son mucho peores que las peleas y las discusiones abiertas. Cada vez que Jerónimo comenzaba a quedarse dormido entraba Amadeo Roque, lo zarandeaba hasta despertarlo y tras él entraba yo y le preguntaba: *¿Dónde están los demás? ¿No me vas a ayudar a encontrar a mi hijo?* A continuación le permitía que se tumbara en el suelo, fingía que lo dejaba dormir y hasta le acariciaba la cabeza mientras cerraba los ojos, solo para que a los veinte minutos entrara de nuevo Amadeo Roque para repetir la secuencia.

Recuerdo el tacto seco del pelo de Jerónimo, la distancia y la cercanía, el agua y el aceite de los sentidos y la conciencia. A veces el simple pensamiento de todas aquellas escenas me produce tal rechazo que se me revuelve el estómago, pero en general lo siento solo como una especie de obnubilación, soy incapaz de esquivar la sensación de que el hombre que hizo aquellas cosas no era yo, sino otra persona, alguien ajeno en quien sin embargo puedo reconocer y hasta recordar cada uno de sus sentimientos. Y también Jerónimo era otro niño, no el adolescente que fue más tarde, ni el muchacho joven al que iba a visitar a la cárcel, tal vez ni siquiera el niño real que había vivido con el resto de los otros chicos y chicas, sino una especie de fuerza natural que yo trataba de doblegar. Pero ahí donde el jefe de la policía y yo pensábamos con la lógica del pragmatismo y la desesperación, Jerónimo pensaba con la del instinto y la lealtad.

Muchos años después de la muerte de los 32 leí un experimento biológico que consistía en meter en una garrafa de cristal media docena de moscas y media docena de abejas y colocarla horizontalmente con la base hacia una ventana, para ver cuáles conseguían escapar antes: las moscas conseguían salir en dirección opuesta a la ventana, pero las abejas morían estrellándose una y otra vez contra el fondo de la garrafa; no podían dejar de creer que la salida estaba en el lugar en el que brillaba la luz. Aquellas abejas me hicieron recordar el escándalo que me produjo durante aquellos días el hecho de que Jerónimo nunca dejara de creer en mí. No le entendía, por supuesto. Me hablaba en aquel lenguaje parecido al de un trino, repleto de expresiones absurdas. Nunca dejó de creer que yo era quien lo protegía, y ese convencimiento se filtró hacia su genética como arraiga un vicio en una voluntad muy poderosa. Yo era la luz contra la que se estrellaba su inteligencia. Cada vez que me veía aparecer su gesto se suavizaba. Si hubiese entrado en aquella celda y le hubiese dicho que se había apagado el sol, me habría creído. Entiendo también ahora (al final entender, más que un don, es una disciplina) que su credulidad era algo tan monstruoso como la tortura a la que lo sometimos durante aquellas casi cuarenta horas. Tal vez su credulidad fuera la forma en que la naturaleza decidió castigarme. Sea cual sea el nombre que le dé mi imaginación, no importan los años que hayan pasado, sigue siendo igual de dolorosa para mí.

Hasta que al final cedió.

Era cuestión de tiempo, y lo sabíamos, pero cuando ocurrió nos asombramos como si hubiésemos visto un milagro. Sucedió cuarenta horas después de que comenzara la tortura, al borde de la noche del segundo día. Entré en la celda y supe que algo había cambiado. A Jerónimo le tembló el labio como una gelatina y se puso a peinarse la ceja con la punta del dedo índice, un gesto que me pareció delicado y adulto a la vez. Dijo un par de frases en aquella lengua incomprensible y yo le volví a responder lo de siempre; que no entendía lo que me estaba diciendo. Volvió a peinarse la ceja. El médico de la comisaría nos había avisado de que pasado cierto tiempo el niño podía empezar a tener alucinaciones y que aquella sería la señal indudable de que su salud corría peligro. Por un instante tuve miedo de que hiciera algo imprevisible. Fui hacia él y le puse una mano en el hombro, pero él se la quitó de encima al instante. Durante las últimas horas había comenzado a tener picores y le temblaba la pierna con el nerviosismo que a veces tienen los chicos en los exámenes.

Le pregunté si tenía hambre, y aunque no contestó pedí que le sirvieran un sándwich y un vaso de agua. Comió por primera vez con verdadero apetito, pero cada vez que bebía tenía un gesto ausente, como quien busca en su interior unas palabras que ha olvidado. Hubo una décima de segundo en que hasta me pareció que se ruborizaba. Cuando terminó de comer se levantó con calma, dejó el plato en el suelo y acercó la silla hasta la ventana de la celda que daba a la calle. No me dejó que le ayudara a subirse, y cuando por fin lo hizo se agarró con las manos al enrejado en aspa de la ventana. Me pidió que me acercara. Volvió a hablarme en aquella lengua incomprensible. Era casi un susurro.

—No te entiendo, Jerónimo —le repetí una vez más, susurrando también.

Él se volvió hacia mí. Sentí miedo. Tenía unas ojeras casi violáceas con un tenue color brillante. Parecía asombrado de verme, de verse, de estar sobre aquella silla mirando a través del enrejado.

—¿Dónde están los demás? —repetí.

Se volvió entonces de nuevo hacia la ventana, señaló la alcantarilla y por primera vez en perfecto español susurró:

—Están ahí.

Igual que a las personas que descubren una infidelidad, me invadió la sensación de que el pasado estaba plagado de señales: aquel ruido en el patio que había atribuido a las ratas, la basura revuelta en la entrada del supermercado... Hay ciertas cosas que solo entendemos cuando somos capaces de asumirlas, pero a veces me pregunto si no fue precisamente esa inteligencia la que boicoteó las señales más claras de que los niños vivían en las alcantarillas. Me digo que en la ciudad hubo *(tuvo* que haberlas) personas que los vieron y sin embargo no dijeron nada. Muchas veces obedecemos a la moralidad circundante solo porque la realidad es menos verosímil que las creencias adoptadas. Y, al fin y al cabo, ¿es que acaso podemos fiarnos tanto de lo que vemos –como suele decirse tan pomposamente– *con nuestros propios ojos?*

Evitamos la tentación de bajar en tromba a las alcantarillas porque a aquellas alturas la posibilidad de acabar en la cárcel era demasiado real si alguno de los niños resultaba herido. Y había también un miedo cierto, un miedo que lo atravesaba todo y que parecía un estado colindante con el sueño. Era tan puro que teníamos la sensación de que nos zumbaba en los oídos. Convocamos un gabinete de crisis y desplegamos sobre la mesa de Amadeo Roque el mapa del alcantarillado. Todo el sistema tenía forma de estrella y desembocaba en la parte este de la ciudad, seis canales que confluían en un gran desaguadero sobre el río Eré. No sabíamos exactamente dónde se encontraban los niños, pero dedujimos por las dimensiones y la altura de los túneles (que en muchos tramos no sobrepasaba el medio metro) que solo podían estar en cuatro puntos, todos ellos cercanos y comunicados entre sí, coincidentes con el paseo fluvial y la zona de la plaza 16 de Diciembre.

Más que inquietos, parecíamos narcotizados. Las ideas brillaban por su ausencia. Amadeo Roque sugirió entrar directamente por las cloacas del ayuntamiento, y algún insensato llegó a pensar en sacarlos con humo, asfixiándolos desde el interior con una hoguera. Fue Alberto Ávila –uno de los jefes de distrito de la policía– quien sugirió sellar todas las salidas del alcantarillado de la zona T (el cuadrante en el que suponíamos que se encontraban), entrar en las alcantarillas en puntos equidistantes unos cientos de metros y recorrer los túneles hasta llegar a un solo lugar cercado.

Muchos años después supe gracias a Jerónimo Valdés que acertamos solo de casualidad. Las primeras semanas que vivieron en las alcantarillas los niños no lo hicieron en aquel cuadrante, sino en el noroeste, lo que tenía también su lógica: era el que estaba más cerca de la selva. Según Jerónimo, lo que los llevó a trasladarse fue la muerte de una de las niñas a causa de una picadura de serpiente. Confesó que antes de trasladarse hacia las alcantarillas del centro la habían enterrado junto a las ruinas del merendero con los ladrillos sueltos que encontraron por allí. Yo mismo fui, una semana después de que acabara todo, con el encargado de Asuntos Sociales y dos peritos del tanatorio a proceder al levantamiento del cadáver, completamente solos. Durante seis días lo único que se había repetido en la prensa había sido aquella célebre foto de los 32 cadáveres de los niños sobre el paseo fluvial, por lo que a nadie le importó demasiado aquel cadáver extra, tan extemporáneo. Lo encontramos en el lugar que nos había dicho Jerónimo. Era efectivamente una niña, no debía de tener ni diez años. La habían enterrado en postura fetal para reducir la construcción al mínimo. Estaba cubierta con una manta y rodeada de lo que parecían restos de comida y pequeños juguetes. Los meses que llevaba enterrada allí y la humedad natural de la selva habían corrompido su cuerpo de manera irregular, cubriéndolo de manchas marrones y dejando unas partes misteriosamente intactas. Dentro del puño de la mano izquierda tenía tres muñecos de Playmobil, y cuando el perito se los arrebató para examinarlos, tuve la inquietante sensación de que había cometido una profanación. Tenía una gran zeta en la frente y un rostro al que la muerte había dado un aspecto enfurruñado. En el tobillo de la pierna izquierda, y de un violento color negro, se veía la hinchazón de la picadura que le había causado la muerte. También alrededor de la picadura habían hecho dibujos con rotuladores, una especie de arcoíris y estrellas que le subían por la pierna hasta el estómago, donde alguien había pintado un gran sol y había escrito su nombre: Ana. La realidad de la muerte de esa niña, a quien desenterramos solo una semana después de que muriera el resto de sus compañeros, me pareció que se abría hacia el interior de un lugar que nunca nos habríamos atrevido a explorar ni aunque hubiésemos podido. No era solo un enterramiento infantil realizado por otros niños sino algo tan incomprensible y real como la prueba de otra civilización. Otro mundo.

Finalmente se optó por el plan de Alberto Ávila.

A las diez de la mañana del 19 de marzo de 1995 ya habíamos sellado con cepos todas las salidas del alcantarillado de San Cristóbal y apostado policías en cada una de las bocas del perímetro en el que suponíamos que estaban los niños. El plan consistía en que precisamente la conciencia de estar siendo rodeados los reuniría de manera natural en un solo grupo en el subsuelo, en el punto en que confluían los canales, una especie de bóveda que según el plano tenía forma de pentágono.

La redada comenzó sobre las once y media en uno de los días más calurosos que recuerdo haber vivido en San Cristóbal. La sensación térmica era de

167

38 grados y había una humedad ambiental del 87 %. Era un jueves y la ciudad estaba en plena actividad comercial. Bajamos a las alcantarillas como si fuésemos técnicos del ayuntamiento y sin que aquello llamara la atención de nadie. Como suele suceder, lo que habría resultado sospechoso de noche no lo resultó delante de todos y a plena luz del día. Nos distribuimos en siete grupos. Nuestra comitiva tenía que recorrer un kilómetro y medio del canal oeste y estaba compuesta por cuatro agentes, una ayudante sanitaria de los Servicios Sociales y yo mismo. En alguno de los grupos había familiares de los chicos: Antonio Lara estaba en uno de ellos y Pablo Flores dirigía el grupo cuatro, el encargado de recorrer todo el primer canal hasta la intersección donde supuestamente íbamos a encontrarnos todos y, si funcionaba el plan, iríamos acorralando a los niños. Sobre esa confluencia esperaban tres patrullas de la policía y dos furgones del departamento de Asuntos Sociales.

Cuando bajé por la escalerilla agarrándome a los barrotes sentí una descarga violenta en la herida del brazo y pensé con odio en Jerónimo Valdés. Era la primera vez que bajaba a una alcantarilla, y aunque el olor no era agradable resultó mucho menos intenso de lo que había supuesto, los canales estaban secos y más ventilados de lo que pensaba, y las pocas ratas que vimos provocaron más regocijo que animadversión. Somos criaturas extrañas, nos entusiasma ver lo que sabemos que vamos a ver. Llevábamos linternas de mano y frontales amarradas a la cabeza, pero buena parte del tiempo ni siquiera fue necesario tenerlas

168

encendidas: la luz caía desde las bocas de las alcantarillas y producía un efecto extraño sobre la galería completa, como si algo la iluminara oblicuamente con una luz teatral. Las galerías que salían a los lados (y que según el plano comunicaban nuestro canal con el resto en una especie de gran tela de araña) tenían chapas de lata en las que se informaba de las calles que estaban en la superficie. Fue bajo una de aquellas chapas donde vimos la primera señal de los niños; un enorme dibujo a tiza de un pájaro con las alas abiertas. Del corazón del pájaro salían numerosas venas que recorrían las alas.

Podrá parecer inverosímil, pero fue mirando aquel pájaro cuando me pregunté por primera vez si aquellos niños nos odiaban. Si nos odiaban como tal vez solo pueden llegar a odiar los niños. Y es que sabemos cómo es el amor infantil, pero sobre su odio nuestras ideas son elementales y a menudo equívocas: pensamos que en ellos ese sentimiento se mezcla con el miedo y por tanto con la fascinación y quizá por eso de nuevo también con el amor o con una especie de amor, que el odio en los niños está compuesto de canales que unen unos sentimientos con otros y que hay algo que los hace resbalar hacia allí.

Durante años pregunté a Jerónimo sobre aquella sensación de muchas formas distintas y evitando la palabra «odio». Nunca respondió directamente. No se trataba solo de su reticencia a lo sentimental –la experiencia me acabó dando pautas para hacerle hablar de muchas cosas incluso cuando no deseaba hacerlo–, sino de algo demasiado oscuro que aprendí a respetar: el socorro. Comprendí que la intimidad de los niños se parece a una petición de socorro. Alguien se detiene frente a un peligro y pide ayuda. Uno es fuerte y otro más débil, pero, a diferencia del mundo de los adultos, es el débil el que amenaza, el fuerte el que permanece inmóvil.

Fue ahí donde empezó.

En ese sentimiento, en ese *lugar preciso*.

Tal vez la única parte no desdeñable del documental de Valeria Danas son las entrevistas a las veintiséis personas que nos adentramos en aquella «ciudad secreta», como algunos se empeñaron en llamarla, y de la que ya no quedan más imágenes que las de nuestra memoria. ¿Habríamos estado más atentos si hubiésemos sabido que solo podríamos verla durante unos pocos minutos? No tengo la menor duda.

Nuestro grupo ni siquiera fue de los primeros en llegar, cuando lo hicimos ya había allí al menos diez personas enmudecidas de asombro. La sala era un pentágono de unos noventa metros cuadrados y tres metros de altura iluminados por la luz que entraba por cuatro bocas de alcantarilla. La primera impresión era prodigiosa. Por todas partes había cientos de pequeños trozos de espejos y de vidrios incrustados en las paredes sin una lógica aparente. Golletes de botellas, restos de gafas, bombillas rotas hacían rebotar la luz de unas paredes a otras como si fuera una gran fiesta, con brillos verdes, marrones, azules, anaranjados, pero también una frase codificada. Algunos cristales estaban apoyados en una especie de nichos, otros habían sido incrustados en las paredes de la alcantarilla, y había incluso un gran vidrio azul que habían conseguido atar directamente a una de las bocas que proyectaba una mancha azulada sobre todo el suelo. La luz que entraba a las doce del mediodía en aquella sala seguramente haría brillar todos aquellos objetos de una forma distinta a la de las tres. La frase luminosa tenía que cambiar con el transcurso del día, y daba la sensación de que todo aquel entramado de cristales de colores, fragmentos de espejos, trozos de lupa y botellines había sido diseñado para crear formas muy específicas: en un reflejo parecía verse una cara, pero otro era claramente un árbol, un perro, una casa...

¿Por qué, si hemos admirado tanto esas pinturas rupestres del amanecer de la conciencia humana, no podíamos admirar también, y por los mismos motivos, el extraordinario decorado luminoso que construyeron los 32 en aquella alcantarilla de San Cristóbal? Si nuestros ancestros dibujaron caballos de ocho patas para emular su movimiento, o bisontes aprovechando las concavidades de la gruta, los 32 decoraron sus muros con algo mucho más intangible, con luz. La quietud de todos aquellos objetos resplandecientes nos envolvió de una manera tan suspendida que durante unos minutos permanecimos en silencio. Recuerdo lo mucho que deseé estar solo en aquel lugar que entonces me pareció sagrado. Una mujer hace en una de las entrevistas un comentario que recordaré siempre; cuando pasó la primera sorpresa dice que le invadió la sensación de que toda aquella luz había sido construida «con meticulosidad y placer». No se puede ser más preciso. El placer estaba contenido en aquella estructura luminosa como la yema en el interior de un huevo. Habría sido tan imposible imaginar que los niños habían hecho aquello por puro accidente, como tirar unas palabras recortadas al aire y esperar que cayeran formando el comienzo de un relato. Y en ese salto había también alegría, una resplandeciente y conmovedora alegría infantil.

Jerónimo nunca quiso hablar de los cristales. Solo una vez me confesó que él mismo había puesto algunos y que a determinada hora del día, no todos los días, hacían un juego, pero no quiso explicarme en qué consistía. Por algún comentario al paso me dio a entender también que el diseño de aquella catedral de luz fue totalmente «democrático». No hubo un cerebro en la sombra, sino más bien un amor neutro y colectivo al juego, un «placer», como comentó esa mujer en el documental. El resto de los comentarios de los testigos en la entrevista son contradictorios y a veces un poco cursis. Algunos aseguran que los cristales «tintineaban». Yo no recuerdo tal cosa. La mayoría no colgaban de las paredes sino que estaban *incrustados* en ellas, lo que confirma la hipótesis de Valeria Danas cuando dice que fue la orografía de la alcantarilla lo que determinó la forma de esa pieza luminosa y no la creatividad de los niños, pero ya se sabe lo aficionada que puede llegar a ser Valeria Danas a negarnos la magia hasta en su versión más elemental. Ya disentí de aquella opinión cuando la escuché por primera vez, pero ahora disiento mucho más. Con el paso de los años, el recuerdo se ha vuelto borroso en algunas cosas, pero en otras me parece ver hoy con más nitidez una especie de figura, algo parecido a un rectángulo que se abría a una puerta, una forma sencilla no muy distinta a la que Rothko repetía una y otra vez en sus composiciones y que parecía construida deliberadamente. Puede que se tratara de un mero accidente de la orografía, pero me cuesta creerlo. Aquella sala pentagonal cubierta de espejos y cristales y trozos de lata y de gafas era lo más parecido a un cuerpo que pueda imaginarse. En el interior de ese cuerpo, como en un seno, vivían los 32. La idea es tan sencilla que en muchas ocasiones he tenido la sensación de que me quemaba.

Ni la disposición ni la altura de aquel lugar respondían a una necesidad pragmática. Era cierto que confluían allí muchas de las tuberías distribuidoras de gas y uno de los generadores más importantes de la zona norte, pero eso no explicaba ni su forma pentagonal ni mucho menos los numerosos nichos de la pared. Durante años se especuló sobre si aquella sala había sido un viejo depósito que se construyó para albergar el material durante la construcción de la alcantarilla, algo que al menos habría explicado lo de los nichos-estantes. Y es que muchos de nosotros estábamos tan obnubilados con los reflejos que ni siquiera los habíamos visto, aquellos nichos. Eran (son, porque allí siguen todavía) más de treinta, y cada uno de ellos tenía un tamaño de poco más de metro y medio de largo y un metro de profundidad. Los niños los habían utilizado para dormir de una forma que parecía aleatoria.

Qué extraña república minuciosa componían todas aquellas camitas. En el documental de Valeria Danas puede verse una imagen del lugar, pero es muy posterior a los altercados y por supuesto no queda en ella ninguna señal de la vida de los 32. Una imagen engañosa, como todas las imágenes de las casas vacías. Son más reales los comentarios de los testigos: algunos lo describen como una «colmena desigual», otros –con mayor acierto– como las paredes de los panteones familiares. Es verdad que el aspecto externo era el de un columbario, pero también habría podido ser el de unas literas, o el de aquellas cajas en las que los linotipistas guardaban los caracteres con los que componían los textos. Hasta la sensación de que en cada nicho dormía un solo niño era engañosa, las ropas estaban mezcladas y muchas veces parecían pertenecer a niños distintos. A algunos de aquellos nichos resultaba tan difícil acceder que no imagino cómo se las apañaban para subir sin descalabrarse, y en todos había objetos desperdigados, sus pequeños tesoros: chapas, piedras, dulces, un broche, hebillas de cinturón... Recuerdo muy pocas cosas de las que vi, en la memoria todas forman una gran maraña. Solo me ha quedado la seguridad de que esas cosas *estaban* allí, que habían sido atesoradas con lentitud, que estaban impregnadas del deseo de los niños. Jerónimo me dijo en una ocasión que dejaron de usar el dinero (nuestro dinero) muy pronto, pero que nunca dejaron de intercambiarse cosas, pequeños objetos y favores. Tal vez aquellos objetos desperdigados eran, en realidad, su moneda. Los niños habían huido tan rápido de su ciudad que habían abandonado hasta su dinero.

Pero ¿cómo era la vida? Igual que uno a veces entra en una casa y tiene una intuición certera de los movimientos de las personas que viven en ella, de sus reglamentos y leyes, aquel lugar parecía tener también un alma de movimientos. Se percibía en la sencillez con la que estar en cierto lugar (junto a los paneles de las tuberías, por ejemplo) invitaba a caminar hacia otro (bajo la mancha de luz azul que se proyectaba desde el techo). Durante muchos años cada vez que recordaba aquella sala donde vivieron los 32 me venía inmediatamente a la memoria una casa en la que pasé una parte de mi infancia y cuya distribución era circular, una vieja casa de pueblo donde para llegar al comedor había que atravesar –inexplicablemente– uno de los dormitorios. Mi madre se quejaba siempre de lo absurda que era aquella distribución, pero por alguna razón nunca hizo nada por cambiarla. Ahora pienso que no la cambió porque aquella disposición era la más natural para la casa, y en consecuencia nosotros acabamos amoldándonos a ella. Algunas casas convierten a sus habitantes en reptiles, otras en hombres, otras en insectos. Por muy improbable que fuera que el arquitecto que había diseñado aquella alcantarilla hubiese imaginado que en ella iba a acabar viviendo una comunidad de 32 niños, también aquel lugar estaba predeterminado, y los niños se acabaron adaptando al espíritu que les imponía. Bastaba entreabrir un poco los ojos y cerrarlos de nuevo para acostumbrarlos a la oscuridad y compro-

175

bar que aquella sala funcionaba en realidad como una habitación gigante. Todos los que estábamos allí habíamos llegado a través de las brechas de las galerías, y lo habíamos entendido al instante sin necesidad de que nadie nos los explicara, aquella sala era una enorme habitación caliente. Una dilatación. El cuerpo se abría para acoger al huésped y al acogerlo le hacía vivir la ilusión de que aquellas paredes de cemento eran, en realidad, elásticas.

Hubo una ocasión en la que Jerónimo me habló de los sonidos de aquel lugar. Acababa de cumplir diecisiete años y lo iban a trasladar desde el centro de menores a una escuela de oficios donde se suponía que iba a estudiar carpintería. Había renunciado a las visitas de su familia y había pedido que me nombraran su tutor legal. No me esperaba ese gesto, y me conmovió tanto que me alegré de que no me lo comunicaran en su presencia porque se me nubló la vista. Jerónimo se había convertido en un adolescente más o menos apuesto, pero era tan callado que su mutismo generaba una hostilidad inevitable entre todos los que lo rodeaban. A veces era violento, y sospecho que su vida en el reformatorio no fue precisamente fácil, pero nunca se quejó de nada. El karma de ser el único superviviente de los 32 había sido tan pesado al principio que se había acabado acostumbrando a la soledad, cuatro años después de la muerte de los 32 seguía siendo desconfiado. Recuerdo que aquel día le llevé de regalo una pequeña navaja que había encontrado en un mercadillo, una antigüedad medio tosca con el cuerpo en forma de muchacha.

176

Sabía que a los chicos del reformatorio no se les podía regalar ese tipo de objetos, pero Jerónimo no era un muchacho normal y mucho menos lo era mi relación con él. Le fascinó. Se quedó mirando aquella talla tan tosca como si le hubiese hipnotizado una sirena de latón en miniatura. Recuerdo que nos sentamos en uno de los bancos del centro y que se puso a clavar la navajita en la madera. Fue la primera vez que habló de los sonidos de aquel lugar. No fui yo quien le preguntó (a pesar de que lo había hecho, sin obtener respuesta, cientos de veces), y me dijo que algunas noches, cuando dormía junto al resto de los niños en aquellos nichos, le parecía que le hablaba una voz ronca, la voz de un monstruo. No recuerdo sus palabras exactas, pero sí la impresión que le producía escuchar esa voz: me explicó que era como un rostro sin contorno definido, pero con una boca muy clara y unos bigotes largos y finos. Una boca real. Me dijo también que aquella voz la escuchaban otros niños y que todos le tenían miedo. *Te despertaba en mitad del sueño y te decía cosas.* Le pregunté qué cosas, pero no me contestó. Le pregunté qué hacían cuando tenían miedo, y me respondió que estar juntos y contarse historias. Eso era todo.

La revelación de aquel miedo trastocó por completo mi recuerdo de aquel día. Del mismo modo que, en retrospectiva, pensamos en cómo hemos mirado o interactuado con alguien que estaba a punto de divorciarse o de morir sin que lo supiera entonces y de pronto sentimos cómo el recuerdo de su rostro se llena de señales evidentes, yo recordé cómo fue aquella transición, la que se produjo cuando vi la palabra PUTA escrita con tiza junto a uno de aquellos nichos. Lo recordé entonces, hablando con Jerónimo cuatro años más tarde. Recordé que algunos bultos tenían aún la forma de una cabeza infantil y que en otros parecía que habían estado revolviendo en busca de algo. Recordé que en el aire había un intenso aroma ácido, a comida en mal estado, a cigarrillos, y que para evitar volver a leer aquella palabra miré de nuevo hacia arriba, hacia la luz, y traté de reconstruir la figuración de una niña, un niño, perdidos en la claridad de esos reflejos, unos niños sobrecogidos por la belleza y el desorden y la oscuridad y la maravilla. Pero la palabra era demasiado insistente. Durante un segundo me pareció sentirlo todo: creí ver su presencia como una fulguración y también la atronadora libertad de aquel lugar que parecía haber sido construido para ellos desde antes de la creación del mundo. Vi cómo las cosas habían comenzado como en un juego, tal vez en alguna de aquellas esquinas en las que aún quedaban restos de juguetes seguramente robados de algún patio, o traídos quizá de sus propias casas. Aquel mundo artificial, cubierto de milagros, revelaciones y camaradería. Puse la mano sobre uno de los nichos y comprobé que en él habían dormido dos niños abrazados. Todavía se podían ver las formas curvas que habían dejado sus cuerpos y la inclinación de la cabeza de uno que se había apoyado en la espalda o en el hombro del otro. Dos niños habían compartido aquel nicho y a continuación se habían quedado dormidos con los ojos abiertos, clavados en los cristales que provocaban reflejos con forma de perro, de árbol, de casa.

Pero si alguien había escrito la palabra «puta» es que había existido también el amor, la rotundidad de una cosa requería la brutalidad de la otra, pensé tratando de respirar. Sentía la necesidad de aferrarme a ese pensamiento como a una tabla. Y si había existido el amor (no importaba en qué forma), algo había quedado intacto. El amor físico, el amor de camarada, el amor sexual, con sus formas primigenias, torpes y seguramente tentativas, tenía que haber existido allí, ¿no era incluso la palabra «puta» la prueba más indudable de ello? Ahora ya no sabía qué pensar. Me sentía como una persona a la que se le ha caído algo de mucho valor –un anillo, un diamante– en una duna en la playa y va peinando y abriendo aquí y allá la arena con los dedos con tanto deseo de encontrarlo que cree que el menor brillo es de nuevo el anillo, pero no. A medida que pasa el tiempo y no lo encuentra, se reprocha precisamente su búsqueda, porque es la búsqueda la que ha provocado la pérdida, si no hubiese peinado la arena con los dedos no lo habría sumergido hasta hacerlo irrecuperable. La expresión fija y melancólica de aquella palabra invadía también ese gesto de amor, lo convertía en algo ensimismado y ausente. La palabra «puta» lo volatilizaba todo, por eso no podía evitar hurgar insistentemente en ella. Había habido un momento –lo sabía, lo sabía con una certeza que me asustaba– en que los niños habían estado allí sin que esa palabra hubiese sido aún escrita en la pared. Al mirar hacia arriba los días debían de ser lentos, pero también contenidos, mientras los coches pasaban de un lado a otro (porque los coches pasaban sobre las bocas de las alcantarillas haciendo girar las sombras por toda la sala y dándole a aquel lugar la conciencia de un parpadeo), pero la palabra «puta» lo volatilizaba todo, aquel PUTA en español escrito por una mano infantil, temblorosa, la P más pequeña que la U, la A con una de las patas un poco cerrada hacia el interior.

Se me dirá que exagero. Sobre la palabra «puta» había algo parecido a un catre. Y también sobre él una sombra, la sombra de una presencia un poco más grande que las demás, casi de la altura de una adolescente. Y unas zapatillas blancas, o que habían sido blancas, y una camiseta verde con unas mariposas, de una tela gruesa. (La camiseta de la puta, pensé, las zapatillas de la puta.) La palabra «puta» era el lugar donde los niños se habían perdido, el espacio en que se había roto esa comunidad. ¿Qué se habían pensado esos niños? ¿Que no iban a perderse por el simple hecho de ser niños? Y ahí estábamos nosotros, los adultos, recorriendo aquel lugar ensimismados, sin hablar entre nosotros, mirando hacia arriba o hacia abajo, agachándonos sobre los montones de ropa, sobre los restos de latas, sintiendo esa congoja ya totalmente inevitable, porque habían fracasado y no había nada que hacer.

Alguien comenzó a llorar con esa manera torpe que adopta el llanto en los adultos cuando sienten que las causas están perdidas. Nadie se preocupó por consolarle; todos estábamos demasiado ensimismados. Fue entonces cuando me di la vuelta y me encontré de frente con Antonio Lara. Llevaba en la mano una camiseta azul agarrada con tanta fuerza que pensé que solo podía ser de su hijo.

–No están –dijo.

Pero no hablaba conmigo. Negaba para no tener que creer, solo para que viniera la realidad y le dijera: es mentira. No era el único padre. Estaban también Pablo Flores y Matilda Serra y Luis Azaola, los padres de los niños que habían desaparecido durante el encuentro de la plaza Casado. Era fácil reconocerles porque al llegar allí se habían buscado unos a otros y caminaban como un grupo compacto, husmeando entre la ropa y los objetos que quedaban en los nichos.

–No están –repitió. Luego, sin dejar de mirarme, gritó–: ¡¡Antonio!!

Gritó «Antonio» con todas sus fuerzas y hubo un silencio ahuecado que nos heló a todos la sangre. A continuación se agachó y, asomándose a un agujero minúsculo, un agujero por el que apenas habría podido entrar un gato, volvió a gritar: «¡¡Antonio!!» Pablo Flores, que estaba a su lado, gritó «Pablo», y a continuación una mujer gritó «Teresa». A partir de ahí empezaron a confundirse esos tres gritos: Antonio, Pablo, Teresa, puede que algún nombre más. Yo mismo comencé a gritar también. No creo que nadie pensara que iban a aparecer de ese modo, pero gritar producía un efecto liberador y reconocible, ese era nuestro idioma, nuestra lógica. Nuestros gritos se parecían a los gritos de horror. ¿Fue entonces cuando lo entendí o fue más tarde? Hubo un espacio extraño. Puede que transcurrieran solo unos minutos. Nos levantamos y seguimos buscando, salimos por las galerías por las que habíamos llegado y volvimos a entrar. Comenzaron de nuevo los gritos. Luego volvió a hacerse el silencio. Un silencio rendido, neutro, parecido al que deben de sentir los astronautas en el espacio, ajeno a la vida de los hombres. Solo se oía el repiqueteo eléctrico de una especie de contador y el sonido marítimo de los coches que pasaban sobre nuestras cabezas. Busqué a Antonio Lara y le encontré sentado, tapándose la cara con aquella camiseta.

Me sorprendí al mirar el reloj; llevábamos casi una hora y media allí encerrados. Parecía que íbamos a seguir allí toda la vida cuando Amadeo Roque se alzó apoyándose en uno de los nichos y gritó que teníamos que salir todos de allí, que le habían informado por radio de que había una anomalía en la presión de las tuberías y que podía ser peligroso. Nadie se mostró reticente. En alguna de las entrevistas se dice que a ciertos padres hubo que sacarlos a rastras, pero eso está muy lejos de ser verdad. Es más, casi me atrevería a decir que fueron los primeros en salir. Lo hicieron con una tristeza lenta y vacilante, y recuerdo que al abrir las cuatro bocas de alcantarilla que estaban sobre nuestras cabezas la intensidad de la luz nos hizo taparnos a todos, como si un espíritu maligno nos hubiese arrebatado la tolerancia al sol.

Yo fui uno de los últimos. Ya estaban casi todos de vuelta cuando sonó aquel crujido. Y tras el crujido una voz nerviosa, y luego un silbido, y tras el silbido, inequívoca, la explosión, una explosión que hizo temblar el suelo como la piel de un tambor.

El agua del río Eré no siempre es marrón. Ciertos días particularmente soleados (y supongo que dependiendo también de otras cuestiones que no sabría discernir) puede llegar a tener un hermoso color esmeralda. A mucha gente le gusta creer que el día que murieron ahogados los niños de San Cristóbal el agua era de ese color, pero sé con demasiada certeza que cuando salimos por la alcantarilla con el corazón en la boca y pensando que íbamos a morir electrocutados, lo que siguió a nuestras espaldas fue una enorme regurgitación marrón y espesa. El agua del Eré es como una movilidad de la tierra, y hay una hermosa fábula ñeê que asegura que un día –cansada de ver siempre el mismo paisaje– la tierra se puso a caminar y así nació el río.

Hay mucha gente que asegura que se oyeron los gritos de los niños. Yo estaba allí y no puedo decir lo mismo. Sé lo que a estas alturas saben todos: que quedaron atrapados en la galería inferior en la que se habían escondido para huir de nosotros y que fueron precisamente ellos, con su peso, quienes partieron la esclusa que provocó la inundación. Se habían deslizado a través de un canal de poco más de cuarenta centímetros hasta un viejo depósito desde el que se veía la sala en la que estábamos nosotros. Nos habían visto. Resulta difícil desembarazarse de esa sensación, la de que los niños nos estuvieron mirando sin decir nada durante todo ese tiempo. Es como sentir la presión de una mano mucho después de que se haya retirado la persona que la produjo. Tal vez habría bastado con guardar silencio unos segundos para oír sus murmullos, pero fuimos demasiado ruidosos con nuestras exclamaciones de sorpresa y nuestros gritos de angustia. Sé que algunos padres –Pablo Flores entre ellos– han afirmado en alguna ocasión que «sintieron» esa mirada. Yo no puedo decir lo mismo. No la sentí entonces, es ahora cuando la siento, aunque, más que como un juicio o como un aplazamiento, como un secreto. Al principio llegó a darme miedo, luego ha mutado hasta convertirse en una mirada protectora, sentimental y difusa. A ratos hasta me sobrecoge una sensación imposible: la de verme a mí mismo en aquel lugar, asombrado ante los reflejos de los cristales de colores, como si por un instante pudiera observarme a través de sus ojos.

Pero la imagen de los niños ahogándose todos juntos en aquella agua marrón sigue siendo difícil de asumir. Después de una semana de investigación, los peritos concluyeron que la inundación fue tan rápida que los niños no tuvieron tiempo de llegar a la planta superior. Trataron de regresar por donde habían accedido, pero la entrada era tan estrecha y la presión del agua tan fuerte que ni siquiera consiguieron acercarse. En el informe forense se afirma que tardaron entre ocho y diez minutos en morir por ahogamiento. El agua del Eré primero encharcó los pulmones de los niños y desde allí, por ósmosis, se introdujo en su corriente sanguínea. En mi ignorancia siempre había creído que la muerte por ahogamiento se producía en ese punto, no sabía que lo que en realidad la provoca es que, al mezclarse con la sangre, el agua la licúa y hace estallar las células. Esa imagen de las células estallando me perturbó mucho tiempo, pero luego acabó extinguiéndose también, como tantas otras cosas que me han perturbado en la vida: la imagen rígida y asombrada de la última respiración de Maia, el día en que me encontré a la niña y a Antonio Lara sentados en un café, charlando, o la primera vez que una mujer me dijo que me quería después de la muerte de mi esposa.

Incluso en el lugar de la confidencia más íntima hay siempre un espacio de resistencia, algo que no se confiesa, un gesto o una señal diminuta en la que se concentra lo que no entregamos. Trato de pensar ahora en lo que la ciudad de San Cristóbal no llegó a entregar nunca a los 32, a pesar de la estatua (espantosa, como no podía ser de otro modo) que erigió en su honor en la plaza 16 de Diciembre, de los honores en prensa que se hicieron puntualmente los cinco primeros años cada 19 de marzo y ahora solo cada onomástica redonda, y de las decenas de publicaciones, documentales, obras de arte en las que se ha filtrado por igual el sentimiento de culpa, la cursilería y también una buena dosis de verdad.

No me extraña que Jerónimo Valdés no quisiera hablar nunca del asunto, ni que después de dos o tres ingresos en prisión un buen día decidiera quitarse de en medio para siempre y se fuera quién sabe adónde. Muchas veces he pensado que cuando lo encontré en la selva estaba también huyendo de los otros niños y que la huida y la violencia estaban en su naturaleza como está en la naturaleza del Eré arrastrar todo lo que se encuentra por delante. Hay, sin embargo, algo que persiste, una especie de música. A veces me asalta en plena calle, cuando regreso a casa demasiado tarde o cuando salgo a dar un paseo, la siento como si atravesara el suelo, a través de los pies, como si el murmullo de las conversaciones y secretos de los 32 aún vibrara debajo de nosotros. Pero luego hasta esa sensación se extingue. Puede que los muertos nos traicionen al abandonarnos, pero nosotros también los traicionamos para vivir.